KB161194

널
만나러
지구로
갈거

꿈꾸는 돌

26 널 만나러 지구로 갈게

김성일 장편소설

2020년 11월 9일 초판 1쇄 발행
2022년 5월 2일 초판 6쇄 발행

펴낸이 한철희 ┃ 펴낸곳 돌베개 ┃ 등록 1979년 8월 25일 제406-2003-000018호
주소 (10881) 경기도 파주시 회동길 77-20 (문발동)
전화 (031) 955-5020 ┃ 팩스 (031) 955-5050
홈페이지 www.dolbegae.co.kr ┃ 전자우편 book@dolbegae.co.kr
블로그 blog.naver.com/imdol79 ┃ 트위터 @Dolbegae79 ┃ 페이스북 /dolbegae

주간 송승호 ┃ 편집 권영민
표지 디자인 민진기 ┃ 본문 디자인 이은정·이연경
마케팅 심찬식·고운성·한광재 ┃ 제작·관리 윤국중·이수민·한누리
인쇄·제본 상지사 P&B

ISBN 978-89-7199-390-3 (44810)
ISBN 978-89-7199-432-0 (세트)

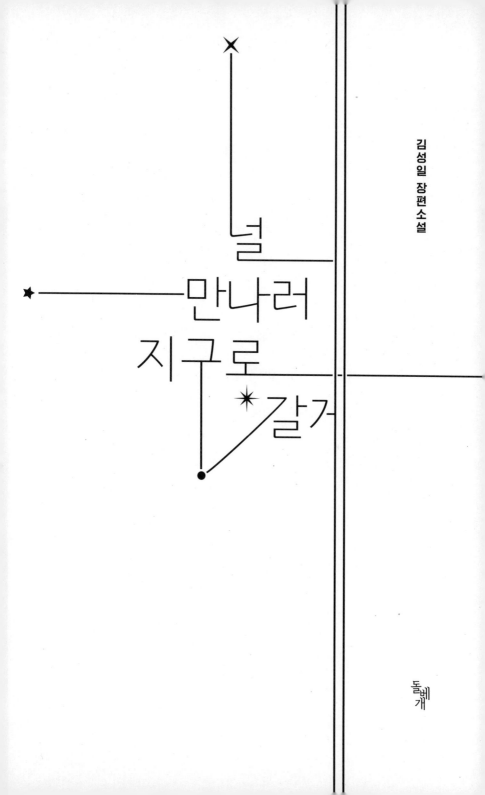

김성일 장편소설

널
만나러
지구로
갈게

돌베개

차례

1

여우

밤이 되자 여우는 고물 무더기 속에 마련한 굴에서 기어 나왔다. 보는 사람은 아무도 없었지만, 풍성한 꼬리를 버릇처럼 핥아 정리했다. 그리고 쓰레기 언덕에 난 오솔길을 능숙하게 기어 올라갔다.

하늘에는 보름달이 떠 있다. 쓰레기 언덕 위에 서자, 널찍한 녹색 금속판에 '룹알할리 국제 금속 플라스틱 재활용 센터'라고 적힌 흰 글씨가 보였다. 십여 개 언어로 쓰여 있었지만, 여우가 알아볼 수 있는 것은 영어와 아랍어뿐이었다.

눈이 닿는 범위는 전부 모래를 덮어쓴 고물의 계곡이다. 여우는 오늘 낮에 도착한 재활용품이 쌓인 자리를 눈여겨보았다. 곳곳에 설치해 둔 카메라 덕에 언제 어디에 뭐가 버려졌는지 훤히 알고 있다. 여우는 언덕 반대편으로 내려갔다.

바닥에는 깨진 유리와 부서진 플라스틱, 날카로운 쇳조각이 널려 있다. 여우는 어깨에 찬 멜빵에서 뻗어 난 네 줄기 기계 촉수를 움직여, 등짐에서 발싸개를 꺼내 하나씩 신었다. 촉수 하나가 불안하게 경련하고, 멜빵이 접속되어 있는 척추의 소켓이 간질거렸다. 수리에 쓸 부품을 오늘 찾을 수 있으면 좋겠다고 생각하며, 여우는 쓰레기 언덕 사이를 걸어 나갔다.

세계 각지의 폐품이 이곳에 모여들었다. 아프리카를 떠난 짐은 아덴만을 거쳐 홍해로 들어와, 제다에서 한 번 걸러진 뒤 이곳에 도착한다. 중국과 인도의 쓰레기는 두바이를 돌아 카타르에서 수많은 아랍 아이들의 손에 깨끗이 털린 뒤에야 여기로 온다. 유럽에서 오는 재활용품은 알렉산드리아에 들렀다가 수에즈운하를 지나 역시 제다를 통해 여기 들어온다.

알렉산드리아에서 한 번 사람 손을 탔기 때문에, 유럽 폐품은 제다 재처리장을 거치지 않고 바로 룹알할리 센터로 들어온다. 그러나 알렉산드리아의 재처리 시설은 제다만큼 꼼꼼하지못하다. 무인 트럭이 사막에 버리고 가는 이 쓰레기에는 여우가건질 만한 부품과 자원이 아직 상당히 있다.

몇 년 동안 어긋난 적 없는 일정에 따라, 오늘 낮에 유럽 재활용품이 도착했다. '재활용품'이라고 하지만, 룹알할리 사막에쌓여만 가는 이 잡동사니는 아무도 다시 쓸 일이 없다. 이곳에는더 이상 인간이 근무하지도 않는다. 여기저기 설치된 카메라가, 아무도 봐 주지 않을 영상을 하염없이 녹화하고 있을 뿐이다.

여우는 모래와 금속과 플라스틱으로 이루어진 광활한 사막에서 인간과 기계가 미처 걸러 내지 못한 보물들을 발굴하며 혼자 살았다.

위험하게 어질러진 길을 따라 쓰레기 언덕들을 돌고 돌아, 여우는 오늘 도착한 재활용품이 널브러진 곳에 도착했다. 대형 트럭 세 대는 되는 분량이다. 하루에 다 할 일은 아니다. 여우는 폐품에 촉수를 뻗쳐서 집어 들고, 한쪽에는 챙길 것을, 다른 쪽에는 버릴 것을 던지는 동작을 반복했다. 알바니아제 스마트폰 하나가 눈에 들어왔다.

전원 버튼을 누르자 로고와 함께 불이 들어왔다. 생체 인증을 하라는 화면이 떴다. 어차피 필요한 것은 부품과 소재이니 상관없지만, 여우는 작동하는 전자기기를 보면 그냥 지나칠 수 없었다. 고이 등짐에 갈무리하고, 다른 것들을 살피기 시작했다.

금과 백금이 약간 들어 있을 기판을 잠시 노려보다가 챙길 더미에 분류했다. 소행성 광업이 다시 강세라 원재료 값은 날이 갈수록 싸져서 어지간한 양이 아니면 굳이 쓰레기에서 추출해 낼 가치가 없다. 하지만 기업연합들 사이의 전쟁 때문에 금값은 요즘 변동이 심하다. 내일 날이 밝으면 찾아올 오마르가 얼마나 쳐줄지 궁금해하며, 여우는 촉수를 뻗어 다시 분류를 시작했다.

자기 몸집의 몇 배쯤 되는 챙길 더미, 그리고 또 그 몇 배쯤 되는 버릴 더미를 만든 뒤, 여우는 뒷발로 귀 뒤를 긁고 몸을 털었다. 오늘은 수확이 괜찮다. 당장 굴에 가져가려고 등에 짊어진 짐만도 묵직하다.

굴에 돌아와 등짐을 내려놓자 배가 고팠다. 하지만 그 전에 할 일이 있다. 여우는 촉수를 뻗어 컴퓨터를 조작했다. 냉각 팬이 요란하게 울고, 굴 안이 모니터의 퍼런빛으로 밝혀졌다.

룹알할리 재활용 센터의 지도와 더불어, 여우가 손수 붙여 놓은 수백 개의 아이콘이 표시되었다. 여우는 앞발로—구식 터치스크린은 때때로 촉수를 인식 못 한다—노랗게 깜박이는 네모난 아이콘을 눌렀다. 널찍한 차양 밑에 주차해 놓은 사막용 소형 트럭이다.

차양에 붙여 놓은 카메라가 모래 낀 볼보 트럭을 곧바로 비췄다. 정지 영상이나 다름없는 고요한 모습이다. 트럭의 배터리와 모터, 화물칸을 움직이는 유압 장치의 상태가 표시되었다. 모두 괜찮다. 어제 낮의 모래바람 정도에는 끄덕도 하지 않도록 미리 정비해 두었다.

화물칸의 방수포를 젖혔다. 지난 몇 주 동안 모아 놓은 재활용품 틈바구니에, 충전 케이블로 트럭의 배터리에 연결된 사람 같은 것이 젤라바를 입고 쿠피야를 쓴 채 누워 있다. 코와 입은 복면으로 가렸다. 눈과 그 언저리는 여우가 최선을 다해 인간처럼 보이게 만들었다. 이 로봇은 고장 난 가사용 안드로이드와 쓰레기로 여우가 손수 만들어 낸 역작이다.

여우는 로봇의 전원을 넣고, 키보드에 촉수로 명령을 쳐 넣었다.

<새끼양, 운전석에 가서 앉아.>

반응이 화면에 표시되었다.

<알겠습니다.>

로봇은 화물칸에서 몸을 일으켜 스스로 전원 케이블을 뽑고 능숙하게 땅으로 내려와, 운전석의 문을 조금은 어색한 동작으로 열고 차에 올라탔다. 여우는 문이 닫힌 것을 확인하고 자율주행을 선택한 후, 밤새 분류해 놓은 폐품 더미 앞으로 보냈다. 트럭이 전조등을 켜고 서서히 움직였다.

여우는 트럭 앞에 설치된 카메라가 보내는 화면을 주시하면서, 트럭이 지나는 길에 설치된 카메라를 하나씩 켜서 길을 살폈다. 모래바람에 고장 난 것들이 좀 있다. 앞으로 두어 개만 더 망가지면 대대적으로 교체해야겠다고 마음먹었다.

트럭이 멈추고, 도착을 알리는 녹색 글씨가 화면에 떴다. 여우는 수동으로 트럭을 조심스럽게 조작하여, 오늘 내다 팔 재활용품 더미 가까이로 움직였다.

화물칸에서 거대한 쓰레받기를 연상시키는 적재기가 뻗어나와, 재활용품들을 밑에서부터 퍼 담아 트럭에 실었다. 세 차례 반복했지만, 바닥에는 항상 잡동사니가 남는다. 여우는 적재기가 휩쓴 자리를 확대해서 보고 어깨를 으쓱했다. 나머지는 나중에 정리해서 다음번에 보내면 된다.

여우는 트럭의 실내 카메라를 통해 로봇의 얼굴을 확인했다. 복면이 조금 내려와서, 칠이 덜 된 부분이 드러났다.

<새끼양, 얼굴 좀 잘 가려 봐.>

<알겠습니다.>

로봇의 두 손이 복면을 위로 몇 센티미터 끌어 올렸다. 얼굴이 제대로 가려진 것을 확인하고, 여우는 터치스크린에서 재활

용 센터 북서쪽 가장자리의 거래 장소를 짚은 뒤 자율주행을 다시 켰다.

트럭은 곧 재활용 센터 카메라들의 범위를 벗어났다. 당분간은 쓰레기 언덕들조차 없는 사막을 혼자 달리게 된다. 여우는 트럭의 나머지 카메라를 켜고, 선반에 촉수를 뻗어 강아지 캔 사료를 하나 꺼냈다. 식료품 선반 위쪽의 판독기가 붉게 깜박이더니 컴퓨터 화면에 재고 변경이 표시되었다. 아직은 넉넉하다.

촉수로 캔 뚜껑을 따서 내용물을 이 빠진 사기 접시에 쏟았다. 육수에 닭고기와 쌀이 들어 있다. 마지막 한 방울까지 접시에 떨어지기를 기다리는데 배에서 소리가 났다. 접시에 코를 박고픈 충동을 이기고, 촉수에 숟가락을 쥐고 한 술씩 떠먹었다.

밥을 다 먹었지만, 거래처에 트럭이 도착하려면 한 시간 좀 넘게 남았다. 여우는 바닥에 하얀 방수포를 깔고, 아까 등짐에 따로 챙겨 온 물건들을 늘어놓았다. 트럭과 로봇을 보수하는 데 쓸 만한 리니어 모터 몇 개와 신형 바이오칩들도 건졌지만, 제일 큰 수확은 낡은 스마트폰이었다. 여우는 스마트폰을 바로 컴퓨터에 연결했다.

해킹 프로그램이 자동으로 실행되었다. 인도 쓰레기 한 달치를 주고 산 고급품이다. 비싼 값을 해서인지, 구식 스마트폰의 생체 인식은 채 3분도 되지 않아 풀렸다.

SIM 데이터의 유효 기간이 만료되어 통화는 되지 않는다. 오히려 다행이다. 위성 안테나를 달아 놓았지만, 여우는 정말 위급한 일이 아니면 인터넷을 켜지조차 않았다. 혹시라도 들킬까 봐 걱정되었기 때문이다. 트럭이 멀리 나갈 때에도 위성 인터넷 대신 장거리 무선 통신으로 굴과 직접 연결했다.

스마트폰에 든 데이터는 되살릴 수 있다. 여우는 주소록과 사진 데이터의 복구 프로그램을 돌려 두었다. 그리고 나머지 수확물을 적절한 선반과 상자에 분류했다. 선반에 물건 하나가 올라갈 때마다 컴퓨터에서 재고 추가를 알리는 띵 소리가 울렸다. 작은 칩에는 인식 태그가 없어서, 나중에 장부에 직접 기록해야 한다.

분량이 적은 주소록이 먼저 복구되었다. 스마트폰 주인의 연락처가 화면에 죽 표시되었다. 이름과 전화번호와 주소들이 떴다. 여우는 가슴을 두근거리며 하나씩 읽어 나갔다.

저장된 사람의 대부분은 독일과 폴란드 이름을 갖고 있다. 여우는 독일어와 폴란드어를 어떻게 읽어야 하는지 몰랐다. 알았더라도 발음은 할 수 없다. 여우를 만든 사람들은 여우에게 사람의 말을 알아들을 지능을 주었다. 사람과 평생을 함께할 수 있는 수명도 주었다. 그러나 사람의 말을 할 수 있는 혀와 구강과 성대는 주지 않았다. 그래도 여우는 정말 열심히 노력한 끝에, 말을 하도록 만들어지지 않은 입과 혀와 입술로 딱 한 마디를 할 수 있었다.

"앨리스."

힘겹게 그 한 마디를 짖듯 내뱉고, 여우는 주소록을 훑어 나갔다. 딱히 도움이 되는 것은 없다. 딱히 찾는 것도 없다. 하지만 이 주소록의 이름들은 이 스마트폰을 한때 사람이 손에 쥐었다는 증거다. 그 사람은 이 이름들의 주인과 이어져 있다. 여우도 한때는 그렇게 이어져 있었다. 이 쓰레기의 나라에 혼자 살게 되기 전에는……

주소록의 이름들 밑에는 가끔씩 '엄마' '동생' '남편' 같은 말들이 적혀 있다. 여우는 스마트폰 주인이 "엄마한테 전화 걸어." 같은 음성 명령을 내리는 모습을 상상했다.

사막에서 혼자 사는 것은 외로운 일이다. 자연의 여우, 평범한 여우는 혼자서 잘 살아간다고 한다. 여우가 이 사막을 택한 것도 그 때문이다. 그러나 한번 사람과 함께 산 다음에 혼자 살기는 무척 힘들다는 것을, 여우는 이곳에 온 뒤에야 깨달았다.

사진의 복구가 끝났다. 여우는 사진을 한 장씩 넘겼다. 십대 중후반 소녀의 사진이 나올 때마다, 저택 같은 큰 집이 나올 때마다, 여우는 골똘히 들여다보았다.

여우는 앨리스를 마지막으로 본 날을 생생하게 기억했다. 앨리스가 그 작은 몸에 맞지도 않는 큰 코트를 두르고, 그 안에 여우를 숨겨서 항구에 풀어 준 날이다. 앨리스는 펑펑 울면서, 나중에 다시 만날 수 있게 절대로 잡히지 말라고 말했다. 여우는 앨리스가 우는 것이 세상에서 제일 슬펐다.

여우는 앨리스가 걸음마를 시작할 무렵 반려동물로 앨리스의 집에 들어왔다. 당시에는 보완된 동물을 아이에게 선물하는 것이 부유층 사이에 유행이었다고 한다. 아직 한 살도 되지 않았던 여우는 그렇게 앨리스와 함께 십여 년을 보냈다. 촉수로 기저귀를 갈아 주고, 풍성한 꼬리로 덮어 재우고, 함께 밥을 먹고, 잔디가 깔린 널찍한 마당에서 같이 뛰어놀았다. 나이가 좀 더 든 뒤에는 같이 공부를 했다. 앨리스가 여섯 살이 되자 부모는 이혼을 했다. 어머니는 화성으로 갔고, 아버지는 승진한 뒤로 집에 안 들어오는 날이 많았다. 황량할 정도로 큰 집에서, 여우는 앨리스와 둘이서 시간을 보냈다.

의무 리콜 명령이 내릴 때까지는.

당시에, 여우는 무엇이 잘못되었는지 모른 채 그저 잡혀서는 안 된다는 생각으로 도망쳤다. 사우디아라비아에 온 뒤로도 백방으로 알아보았지만 아무도 이유를 알지 못했다. 리콜된 동물들이 어떻게 되었는지도 여우는 알아낼 수 없었다. 단지 자기를 만드는 데 사용된 화성 생물의 유전자가 이유일 것이라고 추측할 뿐이었다. 화성 지하 깊은 곳에서 발견된 화석으로부터 재구성한 DNA가 바이오칩과 의료 분야에 널리 사용되는 만큼, 그 부작용 사례도 뉴스에서 흔히 볼 수 있었다. 보완된 반려동물은 그 후 어느 회사에서도 생산되지 않았다.

사진을 모두 훑어보았을 무렵에는 트럭이 멈춰 서 있었다. 전조등이 비추는 서쪽에서 다른 트럭이 다가왔다. 해는 막 지평선을 넘어 올라오고 있다.

<새끼양, 차에서 내려서 해를 등지고 저기 오는 트럭을 봐.>

<알았습니다.>

로봇을 많이 움직이지 않는 것이 좋다. 사람이 아니라는 것을 지금까지 들키지 않았지만, 언제 무슨 실수를 할지 모른다.

거래 상대 오마르의 트럭이 멈춰 섰다. 운전석에서 사람이

✦

내렸다. 수염이 덥수룩하게 난, 녹색 체크무늬 쿠피야를 쓴 중년 남자가 운전석에서 내려 두 팔을 벌리고 다가오다가 열 발짝쯤 앞에 멈춰 서서 인사했다.

"앗살라무 알레이쿰, 알 파키르."

여우는 합성된 음성을 로봇의 스피커로 내보냈다.

"와 알레이쿠무 앗살람, 오마르."

오마르가 자기 트럭의 적재기를 내렸다. 상자들이 있다. 주로 식료품이고, 기계 부품도 약간 있다.

"전에 요청한 건 다 갖고 왔어요."

<고개 끄덕여. 만족 3.>

새끼양이 만족스럽게 고개를 끄덕였다. 여우는 다시 로봇에게 말을 시켰다.

"유럽산이야. 이번에는 양도 꽤 돼."

오마르가 트럭의 짐을 확인해도 되느냐는 손짓을 했다. 여우는 새끼양을 트럭에서 몇 미터 물러나게 했다. 오마르는 이 로봇을 사람을 피해 사막에 숨어 사는 괴팍한 은둔자 정도로 알고 있다. 일부러 다가와 얼굴을 확인하거나 할 생각은 하지 않는다. 오마르는 트럭의 짐칸에 올라가, 손전등 겸 스캐너를 켜고 재활용품들을 확인했다.

"오늘은 데려오셨어요?"

뭘? 여우가 대답하지 않자, 오마르가 말했다.

"개요, 개 말이에요. 키우는 개가 있다고 했잖아요."

개 사료를 주문하기 위해 댄 핑계였다. 오마르가 수상하게 여길까 봐 사람 음식도 주문했지만, 몸에 맞는 것은 역시 개 사료였다.

"아니, 차 타고 멀리 오는 걸 싫어해."

"개답지 않네요. 우리 집 개는 차에 타면 창밖으로 고개 내밀고 좋아서 헉헉거리는데······. 오늘 짐은 상태가 좋아요. 다음에는 뭘 가져다 드릴까요? 넉넉하게 말씀하셔도 됩니다."

오마르가 손에 든 단말기에 쳐 넣는 매입가를, 여우는 트럭의 컴퓨터를 통해 확인했다. 여우는 로봇에게 단말기를 쳐다보는 시늉을 시키고, 다음에 필요한 물건들을 확인했다. 다 주문하고도 잔고가 남는다. 오마르는 믿을 만한 거래 상대다.

여우는 로봇의 단말기를 거쳐서 오마르에게 주문 목록을 보냈다. 오마르는 고개를 몇 차례 끄덕이고 화물칸에서 풀쩍 뛰어 내려왔다.

오마르의 트럭이 상자들을 사막 바닥에 내려놓은 뒤, 여우의 트럭과 꽁무니를 맞댔다. 여우는 트럭의 적재기를 조작해서 재활용품들을 오마르의 트럭에 옮겨 실었다. 오마르가 말했다.

"상자 싣는 거 도와 드릴까요?"

"아니, 됐어. 매번 괜찮다고 하는데 매번 물어보네."

"수피를 공경하라고 배웠으니까요."

오마르가 웃었다.

"그럼 다음에 뵙겠습니다. 마 앗살라마!"

여우는 로봇에게 손을 흔들게 시켰다. 오마르의 트럭은 곧 낮은 모래 언덕 너머로 들어가 보이지 않게 되었다.

✦

17

로봇이 상자를 트럭에 모두 옮겨 실을 무렵에는 해가 지평선 위로 완전히 올라와 있었다. 더 높이 뜨기 전에 트럭을 옮겨야 한다. 여우는 로봇이 운전석에 탄 것을 확인하고 자율주행을 켰다.

곧 잘 시간이다. 일어나면 트럭의 짐을 내리고, 남은 재활용품을 더 분류하고, 시간이 남으면 정비를 더 할 것이다.

앨리스가 처음 말을 걸어온 것이 그날이었다.

2

알렉스

알렉스는 큰 방에 혼자 앉아서 벽면을 가득 채운 모니터를 쳐다보고 있었다. 올해 들어서는 수업 내용이 따라가기 힘들 정도로 까다로워졌다. 하나였던 역사 과목은 이제 화성사가 별도로 떨어져 나왔다.

회화 시뮬레이션도 더 복잡해졌다. 사람이 우글거리는 학교, 공원에서 친구와의 만남, 가게에서의 상거래 같은, 한 번도 겪어 본 적 없는 상황들이 더욱 복잡하게 펼쳐졌다.

알렉스는 열네 살이 되도록 진짜 사람을 만나 본 적이 없었다. 아주 어렸을 적, 하얀 가운을 입은 사람들의 기억이 어렴풋하게 나기는 하지만, 그건 만났다고 할 수가 없다. 이야기를 나누었어야 비로소 만났다고 할 수 있는 것이다.

온통 하얀 벽인 로즈워터 기지에는 알렉스 외에 아무도 없었다. 말이 통하지 않는 안드로이드들이 가끔씩 돌아다니면서 기지를 보수할 뿐이었다. 몇 달에 한 번 우주선이 들어오는 것 같지만, 알렉스가 있는 곳으로는 사람이 오지 않는다.

오늘 오전 수업은 알렉스가 특히 싫어하는 생물학이었다. 화성에서 발견된 사중 나선 DNA에 관한 이야기가 지난 수업에서부터 이어졌다. 유전의 원리에 관한 내용은 별로 없다. 화성 DNA를 지구 생물에 접합해서 어떤 성과를 이루었는가에 관한 자랑 같은 소리가 계속되었다.

"……이로써 대부분의 암과 1형 당뇨, 다운 증후군을 비롯한 유전적 질환을 대부분 치료하거나 예방할 수 있게 되었다. 자폐성 장애의 발생 빈도 또한 80% 이상 감소했다. 티타니아 그룹은 이 분야가 태동했을 때부터 그 선두 주자로서……."

언제나 그렇듯 자랑의 주체는 티타니아 그룹이다. 로즈워터 기지 곳곳에 티타니아 그룹의 이름과 로고가 붙어 있다.

지루하고 재미없는 과목이지만 알렉스는 없는 힘까지 끌어내 집중했다. 수업 중에 딴짓을 하거나 빠져나가 보기도 했지만, 시험에서 점수가 나오지 않으면 똑같은 수업이 반복될 뿐이다. 열두 살 때는 아예 로즈워터에게 반항할 생각으로 며칠씩 수업을 결석하고, 로즈워터의 감시가 닿지 않는 구석과 틈새에서 숨어 지낸 적이 있다. 로즈워터는 안드로이드를 풀었다. 숨어 있는 알렉스를 찾지 못하자 방송으로 달래다가, 결국은 알렉스의 점수가 기준에 미달하면 '환송'된다는 협박을 했다.

알렉스는 그게 정확히 무엇을 의미하는지 몰랐지만, 뭔가

끔찍한 일일 것이라는 뉘앙스만은 기계가 합성한 음성에조차 충분히 들어 있었다.

싫어하는 식단까지 싹싹 긁어 먹어야 하는 것도, 시키는 대로 약을 먹어야 하는 것도, 때때로 체육실에서 혼자 운동을 해야 하는 것도, 1년에 두어 차례 주사를 맞아야 하는 것도 마찬가지다. 건강 검진 결과도 점수에 들어간다.

생물학 수업 끝에는 이번 학기에 배운 내용들을 점검하는 시험 문제가 나왔다. 화면에 뜨는 오지선다형 문제에 차례차례 답을 해 나갔다. 열 문항 중에서 아홉 개를 맞혔다.

수업 내용과 관계없는 문제가 하나 나왔다. 시험 세 번에 한 번은 이런 일이 있다.

"사진을 잘 바라보고 대답하시오. 다음 중 올바른 것은?"이라는 질문 아래에 사진이 몇 개 표시되었다. 사진은 매번 달랐지만, 항상 지구나 화성 풍경, 사람이나 동물의 모습이었다. 그리고 그때마다, 평소에는 일어나지 않는 미세한 진동이 기지 깊은 곳에서부터 일었다.

이번 주도 지난주에 이어 점수가 높아서 수업이 대부분 면제된다. 시뮬레이션이나 영화 같은 것을 비교적 자유로이 틀 수 있다. 열네 살이 되고 나서는 볼 수 있는 영화의 수도, 회화 연습 시뮬레이션의 종류도 확 늘었다. 하지만 알렉스가 정말 좋아하는 것은 따로 있었다.

로즈워터 기지에는 『어린 왕자』 말고 종이책이 없었다. 알렉스는 몇 해 전, 그 책을 어느 빈 방의 침대와 벽 사이에서 발견했다. 한때 이곳에 다른 사람이 살았다는 드문 증거였다.

말도 안 되게 작은 소행성에 녹색 옷을 입은 소년이 홀로 서 있는 표지를 보고, 알렉스는 어린 왕자가 자기와 닮았다는 생각을 했다. 로즈워터 기지도 소행성대 어딘가에 떠 있다.

오랜 옛날, 화성과 목성 사이에는 행성이 있었다고 한다. 그 행성은 이름을 붙일 사람이 생겨나기도 한참 전에 부서져 이 소행성대가 되었다. 알렉스는 여기가 행성의 오래된 뼈 같은 곳이라고 상상하곤 했다.

오톨도톨한 글씨를 손끝으로 느껴 가며, 알렉스는 로즈워터의 카메라가 닿지 않는 구석에서 『어린 왕자』를 읽었다. 왕자는 우주를 여행하며 온갖 사람들을 만나고, 끝내는 지구로 가서 여우와 뱀과 비행사를 만난다.

알렉스는 왕자가 부러웠다. 혹시라도 철새가 지나가지 않을까, 어린 왕자처럼 철새들에게 끈을 묶어서 다른 곳으로 갈 수 있지 않을까, 검은 우주에 가득한 별이 빙글빙글 돌아가는 창밖을 내다보기도 했다. 우주 공간에 철새가 없음을 이제는 알고 있다.

생물학 수업을 마치고, 알렉스는 방으로 돌아왔다. 그리고 침대 발치에 쪼그려 앉았다. 여기 있으면 감시 카메라는 알렉스의 정수리 정도만 볼 수 있다. 매트리스 밑에 손을 넣어 『어린 왕자』를 꺼냈다.

발견했을 때 이미 닳고 구겨져 있던 책은 테이프가 덕지덕지 붙어 있다. 알렉스는 이제 몇 페이지 어디쯤에 무슨 단어가 있는

지도 안다. 하지만 『어린 왕자』는 그 안에 실려 있는 내용보다도 특별한 점이 있다.

알렉스는 옷 속에 책을 몰래 갈무리했다. 카메라를 한 번 슬쩍 올려다보고, 침대 발치의 높은 판에 등을 고고 바닥에 주저앉아 다리를 쭉 폈다. 이러면 종아리부터 발까지 카메라에 비치기 때문에, 로즈워터는 알렉스가 없어졌다는 생각을 하지 않는다.

이 각도에서는 카메라가 상체에서 일어나는 일을 포착하지 못한다. 알렉스는 품에서 책을 꺼냈다. 마치 의식처럼 표지를 들여다보다가, 바로 여우가 나오는 페이지를 펼쳤다.

『어린 왕자』의 여우는 풀밭에 산다. 하지만 알렉스의 여우는 사막에 산다. 신기한 잡동사니 쓰레기가 가득한, 아라비아라는 곳에 있는 사막이다. 머릿속에 그 풍경이 펼쳐졌다. 한밤중 쓰레기의 언덕들 밑에 자동차가 한 대 서 있고, 여우는 그 옆에서 바쁘게 움직이고 있다. 어슴푸레한 조명이 그 자리를 비춘다. 여우가 등에서 뻗은 기계 촉수로 쓰레기를 뒤지는 소리가 들린다. 뭔가를 집어 들어서 살피느라 촉수를 멈추고 있으면 주변은 그저 적막할 뿐이다.

알렉스는 처음에 여우가 '상상의 친구'라고 생각했지만, 이제는 확실하지 않다.

"안녕, 여우."

알렉스는 말 아닌 말로 그렇게 인사했다.

"아, 앨리스!"

아니라고 몇 차례 얘기했지만, 여우는 알렉스를 계속 앨리스라고 불렀다. 여우와의 대화는 마치 생각과 느낌을 그대로 그려 보내는 것 같으면서도 진짜 말이 때때로 섞였다. 여우의 "앨리스"라는 말은 진짜 말에 가장 가까웠다. 알렉스는 이제 고치려 들지 않았다. 여우에게만은 앨리스라고 불리기로 했다.

"지금 뭐 해?"

여우가 대답했다.

"내일 물건 팔러 보낼 트럭을 챙기는 중이야."

"많이 바빠?"

"너랑 얘기할 시간은 있어."

여우가 바닥에 앉아 뒷발로 귀 뒤를 긁었다. 풍경은 현실처럼 생생했지만, 여우만은 『어린 왕자』에 실린 그림으로 느껴졌다. 알렉스는 여우를 한 번도 실제로 본 적이 없었지만 아주 오래전부터 알던 것처럼 생각되었다.

여우와의 대화는 회화 연습과 달랐다. 훨씬 더 많은 이야기를 훨씬 더 짧은 시간에 할 수 있었다. 말하고자 하지 않았던 것까지 말하게 되는 일도 많았다. 가끔은 여우의 과거가 머릿속에 영화 속 장면처럼 짧게 펼쳐지기도 했다. 거기에는 영화에서나 보던 크고 넓은 집과, 알렉스와 비슷한 나이의 아이가 자주 등장했다. 그런 기억의 파편들 속에서, 여우는 그 아이를 앨리스라고 불렀다. 그러나 여우는 알렉스에게 앨리스의 이야기를 하지 않았고, 알렉스도 굳이 묻지 않았다.

단지 자기도 여우와 같이 과거가 있었으면 좋겠다는 생각을 할 뿐이었다.

"거기는 지금 추운가 보네."

여우의 고운 털이 곤두서 있는 것을 느끼고 알렉스는 그렇게 말했다.

"밤에는 원래 좀 추워. 낮에는 델 것처럼 덥지. 그래서 낮에는 자고 밤에 나와서 일하는 거야. 혹시 이거 뭔지 알아? 배터리 같은데."

여우가 검은 플라스틱 덩어리 같은 것을 앞발로 가리키며 말했다. 알렉스는 책을 옷 밑에 감추고 용수철 튀듯 일어나, 침대 위에 놓인 태블릿을 집어 들었다. 그리고 여우가 보여 준 파편에 적힌 하얀 글 조각을 검색했다.

"배터리 맞아. 기계 고양이 같은 거에 쓰인대."

"거기 인터넷 돼?"

"되긴 되는데 나는 못 써. 기지 내부 데이터베이스에 들어 있던 거야."

"왜 못 써?"

여우는 질문이 많다.

"보안 레벨이 낮아서. 어른이 되면 풀어 준댔어."

로즈워터의 그 약속이 진짜인지, 알렉스는 몰랐다. 로즈워터는 성적이 좋으면 케이크를 준다는 말을 여러 차례 했지만, 알렉스는 한 번도 먹어 본 적이 없었다. 당초에 거짓말이었는지, 단순히 재고가 떨어졌고 새로 도착하지 않는 것인지, 알렉스는 알지 못했다.

"앨리스, 인터넷은 어른만 쓰는 게 아니야. 다음에 콘솔 보여 줘 봐. 내가 해결해 줄게. 기억나? 전에 아버지가 인터넷 막아 놓고 출장 갔을 때도 내가 해 줬잖아.”

여우는 때때로 알렉스의 기억에 없는, 앨리스와의 기억일 것이라고 짐작되는 말들을 했다.

여우가 상상의 친구가 아니라 진짜일지도 모른다고 생각하기 시작한 것은, 알렉스가 모르는 것을 여우가 가르쳐 주었을 때였다. 여우는 아는 것이 많았다. 기계와 컴퓨터에 관해 모르는 것이 없었다. 특히 수학을 잘 알아서, 여우가 설명해 주는 행렬과 미적분은 수업 시간보다 알기 쉬웠다.

“여기는 어차피 지구나 화성까지 신호가 오가는 데 한참 걸려. 로즈워터도 하루에 한 번씩 모아서 한꺼번에 신호를 보내지.”

“대체 어디 가 있는 거야? 소행성대라고는 들었지만.”

로즈워터 기지가 정확히 어디에 있는지는 데이터베이스에 나와 있지 않았다. 단지 천문학 시간에 여기가 소행성대에 있다는 이야기만 들었을 뿐이다. 기지가 어느 소행성에 있는지, 심지어는 소행성대의 어느 분면에 있는지도 알렉스는 몰랐다. 기지 밖을 내다보고 별들을 관측해서 위치를 알아낼 수 있을 것이라고 생각한 적이 있다. 그러나 얼마 안 되는 창문 밖의 풍경은 육안으로 어떻게 분별할 수 없을 지경이었다. 중력을 대신할 원심력을 만드느라 기지가 빠른 속도로 회전하고 있기 때문이다.

알렉스는 로즈워터 기지가 무엇을 하는 곳인지도 몰랐다. 여기 다른 사람이 하나도 없는 것으로 미루어 보아 자신을 둘러싸고 무슨 일이 벌어지고 있다는 생각을 어렴풋이 하고 있을 뿐이다. 깊이 생각할수록 두려운 일이었기 때문에, 알렉스는 눈을 꽉 감고 머리를 세게 떨었다.

그것을 알아챘는지, 여우가 말했다.

"인터넷을 쓰게 되면 너도 나한테 메일을 보낼 수 있어. 내 메일도 받을 수 있고."

"메일이 왜 필요해?"

"그러면 우리가 진짜라는 걸 알 수 있잖아."

처음에 여우는 자기가 미쳐 가고 있다고 생각하는 듯했다. 처음 말을 걸었을 때 여우에게서 전해져 온 창백한 당황과 시커먼 두려움을 알렉스는 생생하게 기억했다. 알렉스보다 한층 더, 여우는 이 대화를 믿기 어려워했다. 그러면서도 알렉스가 말을 걸 때마다 따뜻한 반가움을 확실히 풍겼다.

비록 사람이 잔뜩 사는 지구에 있지만, 여우도 알렉스만큼이나 혼자였다.

그런 생각을 하고 있는데, 여우가 갑자기 주변을 두리번거리더니 겁먹은 투로 말했다.

"방금 들었어?"

"……뭘?"

여우가 귀를 쫑긋 세웠다. 여우는 개보다 냄새를 못 맡지만 귀가 훨씬 예민하다는 이야기를 읽은 적이 있다. 여우가 듣는 소리라면 알렉스에게도 들릴 터였다. 알렉스는 그때, 여우가 무엇을 느꼈는지 깨달았다. 그것은 소리가 아니었다. 알렉스는 여우에게 속삭였다.

"한 명이 더 있어."

"무슨 소리야?"

여우의 말 아닌 말이 두려움의 색깔로 물들었다.

"우리 둘 말고, '여기'에 한 명이 더 있다고."

여우가 귀를 더 빳빳하게 곤두세웠다. 뭔가 예측할 수 없는 새로운 일이 벌어지려 하고 있다. 조용한 로즈워터 기지의 알렉스에게, 그런 일은 여우를 만난 뒤로 처음이었다. 알렉스는 둘 사이의 대화에 끼어든 것이 누구인지 찾아 나섰다.

알렉스의 마음속에 펼쳐진 사막 쓰레기장이 풍경화처럼 멀어졌다. 그리고 별들 사이에 떠 있는 통 같은 우주선이 들어왔다. 검은색으로 칠한 작은 배다. 겉에는 아무 표시도 없지만, 곳곳이 그을리고 파손되어 있다. 마치 눈으로 보는 것처럼 우주선을 보면서도 정확히 어디가 그을렸고 어디가 부서졌는지 알 수 없었다. 그저 그렇다는 어렴풋한 인상만이 느껴질 뿐이었다.

여우가 생각하는 룹알할리 사막을 보는 것과도 비슷한 기분이라는 데 생각이 미치자, 알렉스는 우주선 안에 사람이 있음을 깨달았다. 지금 알렉스는 우주 공간에 뜬 우주선을 보고 있는 게 아니다. 별들도 우주선도, 알렉스와 여우의 대화에 끼어든 누군가가 마음속에 떠올린 풍경이다.

알렉스는 저 멀리 액자처럼 떠 있는 사막을 향해 외쳤다.

"여우야, 찾았어. 조금만 있어 봐!"

잠시 기다렸지만 여우에게서는 대답이 없다. 알렉스는 우주선의 심상이 나오는 곳을 더듬어 나갔다. 그런 것을 할 수 있는 줄도 지금까지는 몰랐다. 하지만 마치 냄새가 났을 때 코를 찡긋거리는 것처럼 자연스럽게, 알렉스는 여우와의 대화에 침입한 사람을 향해 마음을 움직였다.

3

슈잉

동력이 끊기고 내부의 공기가 전부 빠져나간 우주선 안은 고요
할 수밖에 없었다. 슈잉이 탄 배는 초속 1만 미터를 넘는 속도로,
태양의 반대 방향으로 아무렇게나 날아가고 있었다.

지구의 대기 중에서 사람이 떨어지다 보면 초속 50미터를 조
금 넘는 속도에 달한다고 한다. 화성에서는 그 다섯 배에 가까운
초속 240미터 정도다.

란차오 상방의 보안 요원으로서, 슈잉도 훈련 중에 그 속도
를 겪어 보았다. 저궤도를 공전하는 위성에서부터 화성의 붉은
땅을 향해 스텔스 다이빙복을 입고 떨어져 내려가는 훈련이었
다. 대기가 희박하기 때문에 낙하산은 잠입 침투라는 목적이 무
색하도록 거대하지 않은 한 소용이 없었다. 그 속도에서는 희박
한 화성의 공기조차도 다이빙복 너머로 피부에 느껴졌다. 어느

정도 내려왔을 때 추진 장치로 낙하 속도를 줄이고 몸의 방향을 잡고 나면 충돌 직전에 커다란 침대만 한 에어백이 펼쳐져 충격을 막아 주었다. 그래도 온몸을 크게 한 번 두들겨 맞는 기분이라, 추락에 익숙해진 뒤에도 몇 분 동안은 몸을 가누기가 힘들었었다.

그러나 초속 1만 미터로 우주를 지나면서도 슈잉은 움직이고 있다는 느낌조차 들지 않았다. 이 추락 아닌 추락에는 끝이 없다. 땅에 닿을 일도, 에어백이 펼쳐질 일도 없다. 잘 해냈다는 상사의 격려도 없을 것이다. 이틀치 남은 산소가 다 떨어져 슈잉이 죽은 후에도, 이 우주선은 태양계 밖을 향해 이 엄청난 속도로 날아갈 것이다.

티타니아 그룹의 무인 경비 위성에 관한 내용은 임무 브리핑에 없었다. 란차오 상방은 상당한 거금을 들여 티타니아 그룹의 최신 피아 식별 신호를 손에 넣은 모양이었지만, 그것도 아무 소용이 없었다. 10만 킬로미터 거리에서 아무 예고도 없이 레이저 다발이 쏟아져 들어왔다. 슈잉이 탄 우주선은 그 공격 한 번에 무력화되었다.

우주 전쟁은 슈잉이 상상했던 것보다 더 치명적이고 더 시시했다.

슈잉은 용케도 전혀 손상되지 않은 공동 숙소에 밀폐복을 입고 떠 있었다. 밀폐복과 생명 유지 장치를 잇는 굵은 코드를 따라 배터리의 전기와 예비 탱크의 산소가 흘러 들어왔다. 배가 꼬르륵거렸다. 밀폐복에 들어 있는 약간의 재활용수를 제외하면 음식은 없다. 있다고 해도 먹을 방법이 없다. 헬멧에 내장된 빨대에 입을 대고 물을 한 모금 빨아들였다.

"천슈잉 사원, 배의 현 상태를 확인해 주세요."

헬멧의 수신기로 어색한 합성음이 들어왔다. 평소에는 공용 숙소의 벽면 모니터에 생활 수칙과 작전 수칙, 때때로 CEO 격려사가 나왔지만, 이제는 함교 직원들만 볼 수 있던 내용들이 일개 병사인 슈잉의 눈앞에 펼쳐졌다. 이 정도의 보안 자격이 슈잉에게까지 넘어왔다는 것은 상사와 동료들이 모두 죽었다는 뜻이다. 자신이 어떻게 살아남았는지, 슈잉은 그저 상상만 할 수 있었다.

슈잉은 최대한 침착하려고 애쓰면서 화면을 읽어 나갔다. 아까의 공격에 선체 곳곳이 뚫렸고, 배의 어느 곳에도 공기가 없다. 비밀 임무인 만큼 원거리 통신은 원래부터 꺼져 있었다. 센서의 상당수가 작동하지 않는다. 주 동력은 끊겼지만, 그래도 배터리가 작동하고 있어서 항행에 필요한 데이터는 모두 들어오고 있다. 현재 위치도, 속도도, 가속도도 모두 나와 있다. 동력은 끊어졌고 추진 장치 여덟 개 중 세 개가 고장났지만, 이 배는 주 추진 장치와 보조 추진 장치가 하나씩만 남아도 항행이 가능하다.

그러나 정작 항법 프로그램이 뜨지 않았다. 화면에서 자동 항로 설정을 선택할 때마다 오류 메시지가 뜨고 처음으로 돌아왔다. 배가 공격을 받은 뒤 컴퓨터 코어가 재가동하면서 문제가 생긴 모양이었다. 천문학과 고등 수학을 알지 못하는 슈잉에게, 컴퓨터 없는 우주 항법은 마법이나 다름없는 신비였다.

✦

"어쩌면 좋지?"

슈잉은 거칠어진 호흡을 가다듬으며 그렇게 중얼거렸다. 현재 위치와 속도를 포함한 구조 신호를 보냈지만 누가 받아 줄지 알 수 없었다. 슈잉은 장갑 낀 손으로 화면을 이리저리 두드려 보다가 약간 목소리를 키워 말했다.

"컴퓨터."

"천슈잉 사원, 말씀하세요."

"임무 대장을 보여 줘. 최고 권한으로."

슈잉이 알고 있는 임무 내용은 소행성대 깊숙한 곳에 들어가 티타니아 그룹의 비밀 시설에서 극비 자료를 탈취하는 것이다. 무슨 연구인지, 어떤 형태의 자료인지, 슈잉은 알지 못했다. 슈잉을 비롯한 보안팀의 역할은 시설 내의 저항을 무력화하는 것이었고, 실제로 자료를 발견하고 챙기는 것은 란차오 상방의 연구 개발 센터에서 파견한 연구팀의 업무였다.

소행성대에 들어올 때 작전 인원이 거의 전멸한 시점에서, 임무 수행은 불가능하게 되었다. 슈잉이 임무 대장에서 확인하고 싶은 것은 일이 잘못되었을 때의 구체적인 대처법이었다. 자기는 몰랐지만 상사들은 알았던 정보가 있을 것이라고 기대했다.

화면에 임무 대장의 개요 페이지가 떴다. 책임자들의 이름과 결재 사항 아래로 도표와 사진과 글이 펼쳐졌다. 란차오 상방이 슈잉에게 한 마디도 알려 주지 않았던 내용이 첫 페이지 중간부터 나와 있었다.

"3세대 양자 통신……."

양자 통신은 암호화에 널리 쓰이는 기술이지만, 세대 구별이 있다는 것조차 슈잉은 몰랐다. 3세대가 2세대와 어떻게 다른지도 몰랐다. 기밀 논문의 링크가 있었지만, 슈잉은 이것이 임무의 목표라는 것만 기억해 놓기로 하고 다음을 읽어 내려갔다. 개요 페이지에는 임무의 성공 확률까지 꽤 낮게 나와 있었지만, 비상 대처법 같은 것은 보이지 않았다.

슈잉은 이런 임무에 안전 담당자가 있기 마련이라는 데 생각이 미쳤다. 그 항목에 관련 정보가 나와 있기를 바라며 컴퓨터에게 다시 지시했다.

"작전 인원 프로필 띄워 줘."

화면에 이름들이 죽 올라왔다. 같은 과의 동료들 이름이 순간 반가웠지만, 다들 죽었다고 생각하니 금세 우울해졌다. 그 밖의 이름들은 익숙하지 않다. 비좁은 배에서 같이 부대끼면서도 부서 간 보안 때문에 다른 부서 직원과는 어울리지 않는 것이 란차오 상방의 분위기였다.

안전 담당자의 이름이 보이지 않았다. 누군가가 겸직을 하고 있었는지도? 이름과 직무를 하나하나 훑어보았다.

"컴퓨터, 아동 심리학자가 왜 있지?"

"데이터베이스에서 '아동 심리학자'를 검색해 드릴까요?"

"됐어."

슈잉은 명부를 샅샅이 훑어보았다. 아동 심리학자만이 아니다. 명부에는 소아과 의사와 전문 간호사도 있다. 안전 담당자는 어딜 봐도 없는데 이런 사람들이 타고 있었던 것이다. 슈잉은 임무 대장을 계속 읽어 나갔다. 그동안에도 배는 초속 1만 미터의 속도로 우주를 지나고 있다는 것을 애써 잊으려 하면서.

아는 내용들이 지나갔다. 배는 어느 소행성에 위치한 목표 시설로부터 50만 킬로미터 떨어진 지점에서 고속탄으로 방위 및 통신 설비를 정밀 타격한 뒤 접근해서, 해치를 강제로 열고 보안 팀을 투입하게 되어 있었다. 보안팀은 내부 경비를 제거하고 시설을 확보한다. 그러면 연구팀이 들어가 자료를 수집하고, 티타니아 그룹의 대응팀이 도착하기 전에 빠져나온다. 중무장한 무인 위성에 의해 물거품이 된 사실에 비추어 보면 실로 꿈처럼 낙관적인 계획이었다. 슈잉은 잠시 제 처지도 잊고 낄낄 웃었다.

거의 마지막 페이지에 왔을 때, 동영상에서 추출한 것 같은 흐릿한 사진 한 장이 보였다. 흰 옷을 입고 하얀색 실내의 의자에 앉아 있는 10세 전후의 어린아이였다. 티타니아 그룹의 로고 옆으로, 의사 중력의 변동에 주의하라는 표지판이 보였다. 사진 밑의 설명을 읽고 슈잉은 숨을 크게 들이쉬었다.

"이 애가?"

기지 내의 연구 자료를 최대한 확보하는 것이 임무의 목표다. 임무 대장에 따르면, 이 아이야말로 다른 무엇보다 우선적으로 확보해야 할 자료다.

어느 기업연합인가가 외딴 곳에서 아이들을 데리고 비밀리에 실험을 한다는 소문은 항상 있었다. 그런 이야기는 때때로 경쟁사를 음해하는 선전에 쓰이기도 했다. 슈잉은 그것이 정말일 거라고 생각한 적이 한 번도 없었다.

이 아이가 왜 중요한지는 불확실했지만, 슈잉은 기업연합들 사이의 전쟁에서 자기도 모르게 납치범으로 일하게 된 셈이다. 그것이 억울할 정도로 부끄럽게 느껴졌다.

란차오 상방이 새로운 팀을 보낼지는 몰라도, 슈잉 자신은 이 일에 더 이상 관련이 없었다. 임무는 제대로 시작하기도 전에 끝이 났다. 우주선은 어딘지도 모를 방향으로 날아가고 있고, 밀폐복이 비록 물을 재활용해 준다고 해도 먹을 것이 없다. 탱크에 남은 산소의 양으로 보아, 슈잉은 배가 고파서 기진맥진할 무렵 숨이 막혀 죽을 것이다. 어쩌면 배터리가 떨어져서 얼어 죽는 것이 먼저일지도 모른다.

슈잉은 임무 대장을 닫았다. 여기서 살아 나갈 방법은 찾지 못했다. 아직 그럴 리가 없는데도 밀폐복 안이 춥게 느껴졌다. 슈잉은 왼쪽 손목의 터치스크린을 조작해서 설정 온도를 높였다. 전기는 어쨌든 곧 떨어진다. 몇 분 더 살아남으려고 발악을 해 보았자 무의미하다. 밀폐복에 내장된 열선이 몸을 덥혀 왔다.

긴장했던 탓인지 졸음이 쏟아졌다. 이대로 깨어나지 못할 수도 있겠다는 생각이 들었지만, 눈을 억지로 뜨고 있는다고 해결되는 문제도 아니다. 슈잉은 눈을 감고 잠을 청했다.

"저기요?"

갑자기 들린 목소리에, 슈잉은 눈이 번쩍 떠졌다. 주변을 둘러보았다. 아무도 없다. 누가 있더라도 지금 우주선 안에는 공기가 없으니 주변에서 나는 소리가 아닐 터이다. 헬멧의 수신기 쪽을 손으로 두드리고 마이크에 대고 말했다.

"여보세요?"

대답이 없다. 손목 스크린을 보고 산소 상태를 점검했다. 기압도 비율도 아직 정상이다. 헬멧 안에서 고개를 한 번 떨었다. 소리는 그쳤다. 더 들리지 않는다. 환청을 들을 정도로 긴장한 것이 속으로 부끄럽게 느껴졌다.

눈을 감으니 목소리가 다시 들려왔다.

"저기요, 여우랑 말하는데 엿듣지 말아 주세요."

무시하려고 일부러 눈을 꾹 감았다. 그러자 이번에는 헛것이 보이기 시작했다. 꽉 덮인 눈꺼풀의 어둠을 배경으로 작은 사람 같은 형상이 떠올랐다. 어린아이인지도 모른다. 그렇게 생각하고 보니 목소리도 아이 같은 기분이 들었다.

슈잉은 동생을 떠올렸다. 슈잉이 열다섯 살 때, 한 살 어린 밍샤는 란차오 상방의 화성 바이오칩 공장에서 일하다가 병으로 죽었다. 유전자 치료도 통하지 않는 희귀한 골수암이었는데, 그 공장에서는 왠지 빈발했다. 슈잉이 같은 공장을 벗어나 수입도 좋고 미래도 더 밝은 보안직에 들어가게 된 것도, 밍샤의 죽음에 대해 란차오 상방이 해 준 보상의 일부였다.

"저기요?"

아이의 목소리가 계속 들렸다. 슈잉은 대답을 할 수밖에 없었다.

"미안한데, 너는 환청이고, 나는 곧 죽을 거야. 그러니까 좀 내버려두지 않을래?"

아이가 대답했다.

"나는 환청이 아니라 알렉스예요."

하지만 슈잉의 감은 눈에는 사람의 윤곽이 밍샤의 모습으로 굳어져 간다. 항암 치료를 받느라 머리카락이 다 빠지고 항상 환자복을 입은 모습이 아니라, 숱 많은 머리를 아무렇게나 빗고 얼굴의 살도 통통하던 시절의 모습이다.

슈잉은 동생의 이름을 부르고 싶었지만 참았다.

"나는 슈잉이야."

"좀 멀리 가 줄 수 있어요? 나랑 너무 가까워서 그런 것 같아요."

슈잉은 눈을 감은 채 낮게 웃었다.

"항법 프로그램이 고장 났어. 계산을 못 하니까 방향을 잡을 수도 없단다."

잠시 조용해졌다. 아이는 답이 없다. 환청이라는 게 원래 그런 것이려니 하고 있는데, 다시 목소리가 들려왔다.

"그럼 지금 우주에서 떠돌고 있는 거예요?"

"그래. 소행성대 어디쯤."

"나도 거기 사는데……."

"소행성대는 엄청 넓으니까. 벗어날 때까지 내가 혹시 살아 있어도 만날 일은 없을 거야, 밍샤."

밍샤의 모습을 한 아이의 모습이 고개를 옆으로 돌렸다. 마치 옆에 있는 다른 사람과 대화를 하는 듯하다. 그리고 슈잉은 잠시 지속되는 침묵 동안, 내내 이 아이의 모습이 눈에 비치지 않고 말이 귀에 들리지 않았다는 것을 깨달았다. 환각이라는 의미에서가 아니라, 말이나 그림과는 또 다른 형태로 떠오른다는 의미로. 슈잉은 이 아이가 어느 언어로 말하는지 알 수 없었다. 밍샤의 모습이라고 생각되었지만, 슈잉은 이 아이의 머리카락과 눈이 무슨 색인지 설명할 수 없었다.

그것은 약간 으스스한 동시에 편안한 기분이었다. 아이가 곧 다시 말했다.

"지금 어디 있는지, 갈 곳이 어딘지는 알아요? 계산만 하면 알 수 있어요?"

"왜, 네가 해 주게? 너는 어려서부터 수학은 잘 못했잖니."

결국, 잠깐이지만 이 아이를 밍샤라고 생각해 버렸다.

"음, 내가 수학 못하는 걸 어떻게 알았는지 모르지만, 여우는 정말 잘해요. 좌표랑 현재 속도 같은 거 다 줘 봐요."

이쯤 되면 뭐가 뭔지 알 수 없다. 슈잉은 눈을 떴다. 아이의 모습은 시야에서 사라졌지만, 머릿속에는 존재감이 그대로 남아 있다. 소리 내어 말했다.

"컴퓨터, 항법 정보 띄워."

벽면 모니터에 수치가 떠올랐다. 태양계의 막막한 거대함, 우주선의 상상 못 할 속도, 티타니아 그룹 연구소까지의 머나먼 거리에 비해, 항법 정보의 양은 많지 않다. 하나하나 소리 내어 읽어 내려가면서도, 슈잉은 이 모든 것이 우습게 느껴졌다. 현재 위치는 갱신 후 10분간 유효하다는 경고문이 보였다. 지구나 화성과는 빛의 속도로 왕복을 해도 40분이 넘게 걸린다.

슈잉은 눈을 감았다.

"다 들었어?"

"중간에 못 받은 게 있어요."

아이가 항목 몇 개의 이름을 읊었다. 슈잉은 방금 읽어서 기억에 남아 있는 좌표를 되풀이하면서, 자기가 아는 것을 환청이 왜 모르는지 궁금하게 여겼다. 작전 인원 명단에 있던 심리학자가 살아 있었다면 상담을 받을 수 있었을 텐데, 하는 데까지 생각이 흘러갔을 무렵, 아이의 목소리가 다시 들렸다.

"굴까지 돌아가야 해서 시간이 좀 걸린대요."

"무슨 소리야? 누가?"

"여우가요."

"여우가 누군데?"

"아라비아반도에 가 본 적 있어요? 룹알할리 사막?"

"아니."

"그럼 모르는 여우예요. 조금만 기다리고 있어요."

아이의 모습이 보이지 않게 되고, 목소리도 들리지 않게 되었다. 누군가가 옆에 있는 듯한 기분도 어느새 사라졌다.

슈잉은 자기가 아이에게 티타니아 그룹의 연구 시설 좌표를 가르쳐 주었다는 것을 그제야 깨달았다. 아무리 환청에 대답하는 것이었다 해도, 이제 와서 작전 목표에 다다라 봤자 아무 의미가 없으니 기왕이면 화성의 궤도 정거장 좌표를 가르쳐 줄 것을 그랬다.

슈잉은 그런 후회를 하는 자신을 우습게 여기면서도, 동생의 모습을 한 아이가 다시 말을 걸어 주기를 기다리며 눈을 감았다.

4
여우

"그런데 왜 그런 데서 떠돌아다니고 있대?"

앨리스가 전에 한 적이 없는 부탁을 해서 여우는 조금 곤란한 참이었다. 당장 시간이 있다고 말은 했지만, 아침에 트럭을 보내야 하는 것도 사실이다.

"몰라. 우주선이 고장 난 것 같아."

우주 항로 계산을 하려면 굴로 돌아가야 한다. 여우는 트럭에 쌓아 놓은 폐품을 쳐다보았다. 팔지 않고 챙겨 둘 물건들을 가방에 집어넣었다.

"굴까지 시간이 좀 걸려. 한 20분 뒤에 말 걸어 줘."

등의 촉수들을 흔들어 관절 틈새에 낀 모래를 털고, 여우는 굴로 종종걸음을 쳤다. 항로 계산에는 태양계 내 천체의 움직임을 모두 파악하고 그 중력의 영향을 고려하여 시뮬레이션을 해 주는 전문 프로그램이 필요하다. 그런 프로그램은 흔하다. 광고만 조금 봐 주면 공짜로 사용할 수 있다. 앨리스가 불러 준 수치들을 입력하기만 하면 답은 금세 나올 것이다.

그러나 여우는 오랫동안 꺼 두었던 인터넷 신호를 켜면 누군가에게 들킬 것이 걱정되었다. 자기를 이곳으로 도망치게 만든 누군가, 폐기 대상으로 지정한 그 누군가에게.

굴에 도착했다. 떠나왔을 때 그대로인지, 버릇처럼 확인했다. 자리에 털썩 앉아, 화면에 떠 있는 수많은 버튼들 중에서 회색으로 꺼져 있는 위성 안테나 버튼을 잠시 노려보았다. 앨리스는 지금까지 여우에게 부탁을 한 적이 없었다. 공부를 도와주는 것도 여우가 자청한 일이다. 이제 와서 할 수 없다고 하면 앨리스가 다시 찾아오지 않을까 봐 두려웠다.

여우는 숨을 들이쉬고 앞발로 버튼을 눌렀다. 온라인 상태에서만 보이는 항목들이 죽 떠오르며, 화면 불빛으로만 밝혀진 굴 안이 더 푸르게 변했다.

안전을 위해 몇 차례 우회해서 뉴 구글에 접속했다. 그래도 누군가가 지켜보고 있다면 들키지 않는다고 장담할 수 없다. '항법 프로그램'으로 검색하자 초장거리 항법 시뮬레이션이 제일 먼저 나왔다. 4광년 떨어진 프록시마 켄타우리 항성계로 가는 유인 탐사선이 출발한 게 재작년인데도 아직 사람들의 기억에 새로운 모양이다.

여우는 한참 동안 뉴스를 보지 않은 것을 깨달았다. 새 소식을 찾아 웹서핑을 하려는 호기심을 억눌렀다. 바깥세상이 어떻게 돌아가고 있는지, 오늘 아침에 오마르와 만나면 그간의 뉴스를 좀 모아다 달라고 하기로 했다.

두 페이지를 넘기고서야 태양계 항법 프로그램을 받을 수 있는 사이트가 떴다. 가짜 이름과 가짜 이메일 주소를 넣어 계정을 만들고, 다운로드 링크를 클릭했다. 우회를 많이 하다 보니 다운로드 속도가 느렸다. 여우는 진행 표시 바가 올라가는 것을 초조하게 바라보다가, 100%가 되자마자 위성 안테나를 껐다. 마치 당장 누가 들이닥치기라도 할 것처럼 문 쪽으로 귀를 쫑긋 세웠다가, 멋쩍게 뒷발로 귀 뒤를 긁었다.

항법 프로그램은 다행히도 OS 업데이트 없이 잘 작동했다. 프랑크푸르트 대학의 어느 학생이 만든, 비교적 최신의 태양계 모델이 적용된 버전이었다. 우주에는, 특히 소행성대에는 천체의 중력 외에도 고려할 것이 있다. 기업연합들이 주장하는 사업 영역이다. 어떤 곳들은 함부로 들어가면 바로 공격을 받는다. 소행성대 전쟁이 비록 공식적으로는 끝났다고 하지만, 그래도 기업연합들 사이에는 크고 작은 충돌이 계속 일어난다. 지구에서도, 화성에서도, 소행성대에서도, 목성과 토성에서도.

태양과 행성과 위성과 소행성과 혜성은 수억 년 동안 그대로였지만, 우주 공간은 인간의 손이 닿자 쉴 새 없이 변화하는 곳이 되었다. 여우는 엄청나게 큰 태양계보다도 더욱 광활한 외우주를 기업연합들이 내 것 네 것으로 분할하는 상상을 했다…….

광고 화면이 지나가고, 프로그램의 메뉴가 떴다. 여우는 휴대폰에서 아까 앨리스에게서 듣고 적어 둔 항목들을 불러내 컴

✦

퓨터에 입력하기 시작했다.

'슈잉'이라는 사람이 탄 우주선은 질량이 상당히 작다. 아니면 뉴스에서 봤던 우주선들이 전부 다 아주 큰 편이고, 일상적인 일은 이런 작은 우주선들이 다 하는지도 모른다. 현재 위치를 입력하자 우주선의 위치가 표시되었다. 속도를 입력하자 커서가 돌아가는 톱니바퀴 모양을 했다가 이윽고 예상 경로가 떴다. 이대로 가면 소행성대를 살짝 휘듯 관통해서 멀리멀리 날아가 버린다.

항법 데이터에 들어 있는 데이터 출력 시간을 입력하자, 우주선의 현재 위치를 나타내는 점이 예상 경로를 따라 미묘하게 움직였다. 데이터가 나온 시점에서 지금까지 우주선이 이동한 거리다.

목표 지점은 어느 소행성의 번호로 표시되어 있었다. 그 근방은 티타니아 그룹의 사업 영역이지만, 프로그램에 수록된 지도에 따르면 광산이나 공장은 하나도 없다. 아마 사람이나 시설도 없을 것이다. 여우는 어깨를 한 번 으쓱하고, 항로 계산 버튼을 눌렀다.

계산 중이라는 표시가 뜨고, 커서가 다시 톱니바퀴로 변했다. 여우는 기다렸다.

앨리스에게는 아직 소식이 없다. 20분 뒤에 말을 걸라고는 했지만, 여우는 지금 당장 다시 이야기하고 싶어졌다.

결과가 나왔다. 우주선의 각도를 언제 얼마나 조정할 것인지, 추진 장치를 어느 정도의 출력으로 언제 가동할 것인지 등을 나타내는 표준 항법 지시 코드다. 항로는 100만 킬로미터이고, 가속과 감속을 포함해서 하루 좀 안 되면 목적지에 도착한다. 지구를 스물다섯 바퀴 도는 거리이지만 우주에서는 코앞이나 다름없다고 생각하니 정신이 아득해졌다. 난파선이라면 추진 장치가 멀쩡하지 않을 수도 있겠다는 생각을 하고 있는데, 결과가 새로 한 벌 더 나왔다.

첫 번째 결과는 계산을 우주선의 컴퓨터가 하고 바로 적용하는 것을 가정한 코드였다. 반면 두 번째 결과는 지구에서 항로를 송신할 경우를 상정한 것이었다. 지구에서 우주선의 현재 위치까지 전파가 닿는 데 걸리는 시간이 23분 32초라고 표시되어 있었다. 10분의 여유를 두고 입력할 수 있도록, 33분 32초 후 우주선의 예상 위치에서부터 목적지까지의 항로를 잡아 주는 것이 두 번째 항법 지시 코드다.

여우는 그때 뭔가가 이상하다는 것을 깨달았다. 앨리스가 준 항법 데이터의 출력 시각을 급히 확인하고, 첫 번째 코드의 입력 시각과 비교했다.

우주선에서 데이터를 뽑은 시간과 여우가 지구에서 그것을 항법 프로그램에 입력한 시간 사이의 차이는 5분 12초밖에 되지 않았다. 중간에 앨리스가 중계를 하고, 데이터를 재확인한 시간을 빼면, 슈잉으로부터 여우에게로 좌표가 전달되는 데 거의 시간이 걸리지 않았다. 빛조차 20분 넘게 걸리는 거리를, 이 좌표는 마치 옆에서 속삭이는 듯한 속도로 날아온 것이다.

'광속을 넘는 정보라니, 그런 게 가능할 리가 없어. 뭔가 말

✦

이 되는 설명이 있을 거야.'

그렇게 생각하자마자, 여우는 가장 말이 되는 설명은 자기가 환청을 듣고 있다는 것임을 상기했다.

광속보다 빠른 신호가 있을 리 없다. 옆에 있지도 않은 앨리스의 목소리가 들려올 리 없다. 이 모든 것이 망상이고 환각이다. 여우는 자기가 무슨 이유로 앨리스가 소행성대의 우주 기지에 있다는 망상을 하는지, 표류하는 우주선의 좌표를 지어내서 항로를 계산하는지, 도무지 알 수가 없었다.

그리고 5분쯤 후, 앨리스가 다시 말을 걸었을 때 떠오른 반가움은 절대로 환각이 아니었다.

"미안, 잠깐 화장실 갔다가 씻고 오느라 늦었어. 계산은 끝났어?"

"응. 그런데 이거 시간제한이 있어."

여우는 지금으로부터 30분 정도 후를 기준으로 한 항로 코드를 읊었다. 언제나 그렇지만 한 글자 한 글자 소리 내서 읽는다기보다, 그 정보 전체를 한꺼번에 전한다는 기분이다.

"복잡하네. 잊어버리기 전에 빨리 전해 줘야겠어."

앨리스가 그렇게 말하고 다시 조용해졌다. 여우는 계산 결과를 다시 쳐다보았다. 곧 날이 밝는다. 남은 짐을 빨리 트럭에 챙겨야 하지만, 여우는 그럴 생각이 들지 않았다. 5분 12초의 모순을 알아챈 그 순간만이 머릿속에서 끝도 없이 반복되었다. 여우는 개 사료 캔 하나를 촉수로 따서 먹으며, 그 생각을 잊으려 애썼다.

다 먹은 뒤에도 5분 12초는 머리에서 사라지지 않았다. 오늘 오마르가 가져다줄 사료가 몇 박스인지 되새기면서 한 캔을 더 땄다.

시간이 얼마나 지났는지 가늠이 안 되던 와중에 알람이 울렸다. 트럭에 실을 물건이 모자라지만 이제는 출발할 시간이다. 오마르에게 더 받을 것이 있으니 이번에는 짐이 좀 가벼워도 될 터였다. 여우는 트럭의 조종 패널을 화면에 띄우고, 화물칸에 누워 있던 새끼양을 일으켜 운전석에 앉히고 옷매무새를 고쳤다. 얼마 되지 않는 쓰레기 더미를 적재기가 화물칸에 쓸어 담았다.

트럭이 약속 장소에 도착할 때까지도, 앨리스는 다시 말을 걸어오지 않았다. 난데없는 항로 계산을 한 것이 마치 꿈속의 일 같을 정도로, 여우는 일상으로 돌아와 있었다. 트럭과 새끼양의 카메라 너머로, 막 떠오르는 해를 받으며 오마르의 차가 다가와 멈춰 섰다.

오마르는 공연한 말을 묻지 않는다. 너무 가까이 다가오지도 않는다. 쓰레기 속에서 발견한 보물들과 생활에 필요한 물자의 교환을 중심으로 인사치레들이 위성처럼 도는 것이 둘 사이의 관계다. 여우가 쓰레기를 더 가져오지 않으면 오마르는 오지 않을 것이다. 오마르가 생필품을 거래할 수 없게 되면 여우는 다른 거래 상대를 찾을 것이다.

여우는 트럭 두 대가 꽁무니를 맞대고 짐을 옮기는 모습을 보며, 그렇다면 오마르와 앨리스 중 어느 쪽이 더 진짜인지 궁금해했다.

"알 파키르, 오늘은 가져오신 물건이 적네요."

오마르가 자기 트럭으로 옮겨진 짐을 쳐다보며 말했다.

<새끼양, 어깨 들썩 2.>

새끼양이 지시받은 동작을 하고, 여우의 말을 노인 목소리로 전했다.

"바쁜 일이 있었거든. 다음에 더 가져올 테니 오늘은 좀 이해해 주시게."

오마르가 단말기를 조작했다. 거래의 세부 사항이 트럭을 거쳐 굴로 전송되었다. 평소, 지구상에서는 자잘한 데이터가 오가는 속도를 걱정할 일이 거의 없다. 통신은 사실상 순간적이다.

'마치 앨리스의 속삭임처럼.'

여우는 마음속으로 그렇게 중얼거렸다. 오마르가 단말기를 보란 듯이 들어 올리며 말했다.

"명세서를 보시면 아시겠지만, 아직 잔고가 많이 남아 있으니까 괜찮아요. 알 파키르, 힘드시면 당분간 빈 트럭으로 오셔도 돼요."

"요즘은 주변이 좀 어수선해서, 어쩌면 오마르 씨 말대로 될지도 모르지. 인샬라."

오마르가 웃더니, 마침 생각났다는 듯이 말했다.

"어수선하다는 말씀 들으니까 생각이 났네요. 개는 잘 지내나요?"

여우는 그 말에 잠시 긴장했지만, 알 파키르가 개를 키우고 있다고 오마르가 착각하고 있음을 상기했다.

✦

"음, 잘 있지. 갑자기 왜?"

"재밌는 얘기가 있어서요. 걔가 도움이 될 것도 같아서."

오마르가 다시 단말기를 조작했다. 새로운 문서 하나가 트럭을 거쳐서 굴로 전송되었다.

"룹알할리 사막에 보완된 동물이 숨어 산다는 거예요. 며칠 전에 현상금이 붙었어요."

여우는 머리를 얻어맞은 것처럼 어지러워졌다. 오마르가 말을 계속했다.

"왜 옛날에 유행했던 똑똑한 애완동물들 있잖아요? 폐기해야 할 놈이 여기 살아 있대요. 현상금이 상당히 고액이니까 내키면 한번 잡아 보세요. 덫 같은 게 필요하면 가져다 드릴 테니 저한테도 좀 떼어 주시면 좋고요. 사막이 넓기는 하지만, 정말로 여기 있다면 재활용 처리장에 있을 것 같지 않아요? 쥐나 벌레 같은 걸 잡아먹으면서."

대답을 해야 하는데 촉수가 키보드 바로 위에서 미동도 하지 않았다. 여우는 심호흡을 하고, 촉수 한 가닥을 겨우 움직여 한 마디를 두드려 넣었다.

<인샬라.>

오마르가 웃으며 인사를 하고 트럭을 몰아 자리를 떴다. 여우는 아직도 두려움에 몸이 얼어붙어 있었다. 트럭도 새끼양도 사막 바닥에 우두커니 서 있을 뿐이었다.

낮에 인터넷을 켠 것이 잘못이었나? 아니다. 오마르는 현상금이 며칠 전에 붙었다고 했다. 여우는 자기의 지난 행적을 머릿속에서 하나하나 점검했지만, 어떻게 들켰는지 도저히 감이 잡히지 않았다.

당장의 얼어붙는 공포가 객관적인 불안으로 변해 가면서 촉수도 움직이기 시작했다. 여우는 새끼양을 움직여 짐을 트럭에 싣고, 쓰레기장으로 귀환시켰다. 숨이 아직도 거칠었지만, 여기서 그냥 떨고만 있어서는 안 될 일이다. 여우는 화면을 쳐다보았다. 오마르가 떠나기 전에 보낸 현상금 안내가 열려 있었다.

여우에게는 삶과 죽음의 문제였지만, 현상금 공문은 매우 건조했다. 국제법과 국내법으로 금지된 보완 동물이 룹알할리 사막 북부에 서식하고 있으니, 생포해서 데리고 오면 거액의 상금을 준다는 평범한 내용이다.

사우디아라비아 동물보호국 명의로 된 공문이지만, 국가 정부의 문서가 항상 그렇듯 관청은 허울이고 실제 주체는 참조란에 적혀 있는 기업연합이다. 이 문서를 작성한 곳도, 실제로 상금을 지급하는 곳도, 사우디 정부가 아니라 티타니아 그룹인 것이다.

여우는 잠시 망설이다가 눈을 질끈 감고 인터넷을 다시 켰다. 그리고 아까보다 몇 단계 더 우회를 해서 뉴 구글에 접속했다. 그리고 검색창에 자기를 만든 회사의 이름, '베터 프렌즈 컴퍼니'를 입력했다.

베터 프렌즈 컴퍼니는 란차오 상방이 화성에 세운 유전공학 회사다. 그러나 지금 자기를 잡아들이려 하는 것은 티타니아 그룹이다. 여우는 그 이유를 알고 싶었다.

기업 이력이 떴다. 아니나 다를까, 베터 프렌즈 컴퍼니는 티타니아 그룹에 인수되었다. 여우의 리콜 명령이 내린 것은 그 후 채 1년도 되지 않았을 시기다. 베터 프렌즈는 더 이상 동물을 만들지 않게 된 후로도 문을 닫지 않고, 이제는 순수 연구 회사가 되어 있다.

이번에는 란차오와 티타니아를 검색했다. 소행성대 전쟁에서 두 연합은 꽤 치열하게 싸웠지만, 지난 2년 사이 둘 사이의 관계는 우호적이다. 연구 제휴에 관한 보도 자료가 몇 건 있었다. 작년에는 시카고 재건을 두 기업연합 산하의 건설 업체들이 공동으로 맡는다는 발표문도 있다. 여우는 란차오와 티타니아에 관한 기사들 사이에서, 베터 프렌즈 컴퍼니나 보완된 동물에 관한 기사들을 다시 검색했다. 그러나 티타니아에 인수된 후로, 베터 프렌즈에 관한 소식은 전혀 없다.

당장의 생존에 도움이 될 힌트를 전혀 찾지 못하고 있는 가운데, 트럭이 돌아왔다는 알람이 울렸다. 여우는 인터넷을 끄고, 아까부터 참고 있던 긴 한숨을 내쉬었다.

바깥으로 통하는 문이, 그리고 문틈으로 조금 새어 들어오는 햇빛이 전에 없이 무섭게 느껴졌다.

여우는 문득, 앨리스가 빨리 다시 말을 걸어 주었으면 좋겠다고 생각했다.

5

알렉스

알렉스는 여우에게서 받은 항법 코드를 슈잉에게 전한 다음, 침대 구석에 앉아서 온갖 상상을 펼치고 있었다. 슈잉은 어디로 가고 있을지? 도착하면 무엇을 할지? 혹시 나중에 만나게 될지? 그 질문들 하나하나에 이야기가 하나씩 둘씩 들어 있다. 오늘은 정말 신기한 날이다.

슈잉의 우주선이 제대로 날고 있을지 궁금해졌지만, 여우와 달리 슈잉에게는 어떻게 하면 먼저 말을 걸 수 있는지 몰랐다. 『어린 왕자』 책을 껴안고서 슈잉의 목소리와 생김새, 우주선의 모습에 집중해 보았지만 소용이 없었다. 로즈워터 기지가 말을 걸어온 것은 그때였다.

"알렉스, 오후 자유 시간은 즐겁게 보냈어? 이제 특별 수업 시간이야."

알렉스는 『어린 왕자』를 매트리스 밑에 끼워 넣고 침대 발치에서 몸을 일으켜 카메라에 머리와 상체를 드러냈다.

"오늘은 수업 더 없는 거 아니었어? 시험 점수도 높은데."

"특별 수업이야. 분명 재미있을 거야! 정말 기대돼!"

로즈워터는 가상의 흥겨움을 전염시키려는 것처럼 고양된 어조로 말했다. 회화 시뮬레이션을 제외하면, 알렉스의 대화 상대는 평생 로즈워터뿐이었다. 그럼에도 불구하고 알렉스는 로즈워터에게서 부자연스러움을 느꼈다.

로즈워터와 대화할 때, 알렉스는 교육 시간에 교재로 읽었던 『정글북』을 떠올리곤 했다. 인도의 어느 인간 아이가 늑대에게 길러진다는 소설이다. 거기서는 뱀도 곰도 늑대도 모두 사람 같은 감정으로 사람처럼 말한다. 진짜 사람을 만난 적 없는 알렉스이지만, 무엇이 사람 같은 것인지는 영상과 회화 시뮬레이션을 통해 알고 있었다.

로즈워터는 완전히 기계도 완전히 사람도 아닌 무언가처럼 느껴졌다. 딱히 무섭거나 싫은 것은 아니다. 그러나 알렉스에게 로즈워터는 항상 '그 무엇도 아닌' 존재였다.

알렉스는 자리에서 일어나며, 책이 매트리스 밑에 제대로 감춰졌는지 곁눈질했다.

"알았어. 어디로 가면 돼?"

들뜬 목소리가 계속되었다.

"이번에 갈 곳은 12번 실험실이야!"

어디 있는지는 어렴풋이 알지만, 12번 실험실은 한 번도 가

본 적 없는 곳이다. 다른 층에 있기 때문에 지금까지는 출입이 금지되어 있었다. 알렉스는 살짝 긴장하고 방을 나섰다. 등 뒤로 자동문이 아주 조용히 닫혔다.

알렉스는 바닥 화면에 떠오른 안내 화살표를 따라 걸었다. 평소라면 녹색일 화살표가 이번에는 노란색이다. 이상하게 여기며, 로즈워터에게 물었다.

"무슨 수업이야?"

"요즘 시험 점수가 높아서 새로운 과정이 열린 거야! 오직 너한테만!"

어차피 여기는 나밖에 없잖아, 하고 생각했지만, 입 밖에 내지는 않았다.

익숙한 길을 걸어가다가, 알렉스는 평소 빨간색 불이 들어와 있던 문 하나가 녹색 불이 켜진 채 활짝 열려 있는 것을 눈치챘다. 노란 안내 화살표는 그 문을 향해, 조금 앞에서 오른쪽으로 꺾어졌다. 알렉스는 화살표를 따라 문으로 들어갔다. 아주 좁은 방, 어떻게 보면 막다른 골목이다. 스피커에서, 로즈워터의 목소리와는 다른 차분한 음성이 울렸다.

"제3토러스 E-F 구역." 1초 정도 간격을 두고 목소리가 이어졌다. "행 엘리베이터입니다."

그리고 좁은 방이 움직이기 시작했다. 엘리베이터는 기지의 중심 기둥을 향해 올라가고 있었다.

로즈워터 기지는 소행성에 세워진 기둥 주변을 두른 토러스 세 개가 층을 지어 회전하는 식으로 되어 있다. 마치 축 하나에 바퀴가 셋 달린 것 같은 모양새다. 인공 중력은 그 원심력으로 만들어진다. 알렉스는 길지 않은 평생을 소행성 가까이, 기둥의 제일 아래쪽에 있는 제1토러스에서 보냈다. 제3토러스는 로즈워터 기지의 제일 위쪽이다.

갈수록 몸이 조금씩 가벼워졌다. 기둥에 가까워질수록 중력이 줄어든다는 말은 들었지만, 실제로 느껴 본 것은 처음이다. 알렉스는 깔깔 웃으며 제자리에서 뛰다가, 결국 천장에 머리를 부딪쳤다.

기둥에 다다랐다. 엘리베이터가 살짝 삐걱거리는 소리를 내며 수직으로 조금 회전했다. 그즈음 알렉스는 이미 공중에 떠 있었고, 방이 갑작스럽게 돌자 약간의 현기증을 느꼈다. 알렉스는 벽의 손잡이를 잡았다. 엘리베이터가 가는 방향의 반대쪽으로 몸이 가볍게 쏠렸다.

엘리베이터가 다시 회전하고 방향을 바꾼 뒤로는 갈수록 몸이 도로 무거워졌다. 떠 있던 발이 서서히 아래를 찾아갔다. 멈춰 섰을 무렵에는 의사 중력이 온전히 돌아와, 알렉스의 발은 제3토러스의 바닥에 굳게 붙어 있었다.

엘리베이터의 문이 열리자, 알렉스는 공기 냄새가 다르다는 것을 느꼈다. 한 달에 한 번 점검이 있을 때만 제1토러스를 찾아오는 추위가 여기 있었다. 온열 장치가 가동되는 낮은 소리가, 고속으로 도는 환풍기의 요란한 소음에 섞여 들렸다.

잘 모르는 사람의 눈에, 제3토러스는 제1토러스와 똑같아 보였을지도 모른다. 한편 알렉스는 제1토러스의 모든 구석과 틈새와 흠집을 다 알고 있다. 이곳에는 익숙한 자국들 대신 생소한 흔적들이 있다. 오랫동안 같은 곳에 살았던 알렉스에게, 그 차이는 신세계의 풍경처럼 느껴졌다. 벽에 붙은 안내도는 똑같은 바탕에 똑같은 서체로 되어 있었지만, 내용이 다르니 마치 다른 세상의 지도처럼 느껴졌다.

로즈워터가 시키는 대로 화살표를 고분고분 따라 12실험실까지 가기에는 너무 아깝다. 알렉스는 멈춰 섰다. 로즈워터의 목소리가 다시 들려왔다. 아까의 흥분이 사라진, 타이르는 말투다.

"알렉스, 빨리 12실험실로 가야 해."

스피커의 음색조차, 이곳은 제1토러스와 살짝 다르다. 알렉스는 손가락으로 화살표 반대 방향을 가리켰다.

"그 전에 저기 한번 가 보면 안 돼?"

'방문 직원 대기실'이라고 되어 있는 방이다.

"그 방은 왜? 재미있는 건 12실험실에 있어!"

다시 갑작스럽게 흥분된 말투다.

"3개월에 한 번씩 찾아오는 우주선이 있잖아. 그 사람들이 그 방에 들렀다 가는 거 아니야?"

말이 끝나자마자 로즈워터가 대답했다.

"아니야. 여기는 너밖에 없어. 아무도 여기 오지 않아. 로즈워터 기지는 너만을 위한 곳이야."

전에도 들었던 말이다. 이럴 때마다, 알렉스는 누가 왜 자기를 여기 둔 것인지 궁금했다. 이미 수십, 수백 차례 물어봤지만 대답이 돌아오지 않는 질문이다.

✦

알렉스는 자기가 지금 화났다는 걸 눈치챘다. 이유는 뭐라고 든 할 수 있다. 로즈워터가 아니라 여우와 대화하고 싶었다. 슈잉에게 우주선은 잘 가고 있는지 묻고 싶었다. 침대에 기대어 앉아 『어린 왕자』를 읽고 싶었다. 12실험실에 가고 싶지 않았다. 직원 대기실을 보고 싶었다. 처음 와 보는 제3토러스에서, 로즈워터가 가라는 곳이 아니라 내가 가고 싶은 곳에 가고 싶었다.

알렉스는 이 짜증, 이 답답함이 그 모든 것, 그리고 그보다 깊은 어딘가에서 오는 것임을 어렴풋이 알고 있었다.

알렉스는 몸을 뒤로 돌렸다. 로즈워터가 요란한 경고음을 내자 반사적으로 몸이 굳었지만, 그대로 노란 화살표를 벗어나 걸어갔다.

"돌아와, 알렉스. 거기는 아무것도 없어."

로즈워터는 거의 신경질적이 되어 있다. 알렉스는 아랑곳하지 않고 걸었다. 로즈워터가 몇 차례 경고음을 울렸고, 알렉스는 그때마다 멈춰 서려는 충동을 억누르고 걸음을 더 빨리했다. 거의 달리다시피 해서 방문 직원 대기실 앞에 도착했을 무렵, 알렉스는 숨을 몰아쉬고 있었다.

방문 위에는 빨간색 불이 들어와 있었다. 알렉스는 숨을 고르고 나지막이 말했다.

"로즈워터, 문 열어 줘."

"얘기했잖아. 거기는 아무것도 없어. 갑자기 몸이라도 안 좋아? 오늘은 왜 이렇게 말을 안 듣니?"

질문에 대답하지 않고, 알렉스는 방문 직원 대기실의 문을 두 주먹으로 쾅쾅 두드렸다. 로즈워터가 이번에는 나지막이 속삭였다.

"알렉스, 고집부리지 말고 안내 화살표를 따라가."

"싫어."

다시 문을 한 번 세게 두드렸다. 그리고 카메라가 있는 곳을 노려보았다. 렌즈에 반사된 표정을 의식했다.

빨간색 불이 녹색으로 바뀌고, 문이 한숨 같은 소리를 내며 열렸다. 방 안의 천장 조명이 켜졌다. 강의실 정도 넓이의 방에 이층침대 네 개와 테이블 세 개, 그리고 아무렇게나 흐트러진 의자가 있었다. 그리고 그 모든 것을 고운 먼지가 얇게 덮고 있었다. 사람이 있었던 흔적은 전혀 보이지 않는다.

알렉스는 이 방까지 오는 동안 안드로이드나 청소 로봇을 하나도 못 봤다는 것을 새삼 깨달았다. 로즈워터의 부드럽게 타이르는 목소리가 다시 들렸다.

"알렉스, 로즈워터 기지에는 한참 동안 너 말고 사람이 살지 않았어. 원래는 있었지만, 이제 아무도 없어. 나는 오직 너한테만 집중하고 있어."

방 안에 한 걸음을 들였다. 한때 여러 사람이 앉았었을 의자에, 알렉스도 주저앉았다. 먼지 구름이 피어올랐다. 공기 청정 시스템이 쉬지 않고 작동하는 제1토러스에 익숙한 알렉스는 재채기를 했다. 코가 막혔다. 로즈워터가 다시 상냥하게 말했다.

"이 방은 건강에 좋지 않아. 그만 나가자. 12실험실은 깨끗하게 치워 두었어."

알렉스는 먼지가 일지 않을 정도로 천천히 테이블에 손을 얹었다 떼었다. 손자국이 남았다.

"왜들 다 가 버린 거야?"

갑자기, 로즈워터의 어조가 엘리베이터의 안내 음성처럼 딱딱하고 차분하게 변했다.

"그건 너한테 얘기할 수 없어, 알렉스."

"나 때문이야? 내 잘못이야?"

먼지가 눈을 따갑게 쏘았다. 알렉스는 손등으로 눈물을 훔쳤다.

"이런, 이런……. 알렉스, 울지 마. 네 잘못이 아니야. 이제 그만 나가자."

로즈워터의 목소리가 갑작스럽게 다시 따뜻해졌다. 알렉스는 자리에서 일어나 방을 나서서, 바닥에 노랗게 반짝이는 화살표 앞에 다시 섰다.

인공 중력은 원심력으로 만들어진다. 알렉스는 토러스의 바깥쪽 면에 발을 딛고 서 있는 셈이다. 길은 토러스의 곡면을 따라 나 있어, 천장 너머로 사라진다. 알렉스는 천장에 가려 길이 보이지 않게 되는 지점을 '지평선'이라고 부르곤 했다. 화살표는 지평선 너머를 가리키고 있었다.

알렉스는 걷기 시작했다. 여우와 이야기하고 싶은 마음이 샘솟았다가도, 여우가 한 번도 먼저 말을 걸어 주지 않는 것이 원망스러웠다. 알렉스는 한 걸음 걸을 때마다, 그럴 리 없는 줄 알면서도 여우가 지평선 너머로 모습을 드러내지 않을까 기대했다.

✦

알렉스의 마음속에서, 어느새 제3토러스의 흰색 복도는 해가 내리쬐는 사막이 되어 있었다. 알렉스는 여우를 찾아 쓰레기의 언덕들 사이를 걸었다. 햇볕이 피부에 느껴졌다.

"앨리스, 큰일 났어. 나랑 얘기 좀 해 줘."

여우의 목소리가 들렸다. 알렉스의 반가운 마음을, 여우의 검디검은 두려움이 뒤덮었다. 여우의 모습은 보이지 않는다. 알렉스는 외쳤다.

"여우야, 어딨어?"

대답이 없다. 알렉스는 몇 차례 더 여우를 부르며 앞으로 계속 걸어 나갔다. 익숙한 쓰레기 언덕이 앞에 나타났다. 거기에는 전에도 보았던, 여우가 사는 굴의 입구가 있었다. 알렉스는 굴 앞에 서서 여우를 다시 불렀다.

"지금 안에 있어?"

알렉스는 굴 안으로 한 걸음 들어갔다. 여우가 보였다. 캄캄한 굴 안에서 모니터의 파란 불빛을 받고 잔뜩 움츠러들어 울고 있었다.

"여우야, 왜 그래?"

알렉스는 여우 앞에 다가가 쪼그려 앉았다.

"큰일이야. 들켰어. 이대로 가면 붙잡혀."

여우가 도망쳐서 사막에 숨어 살고 있다는 이야기는 전에도 들은 적이 있다. 그러나 무엇으로부터 도망쳤는지는 여우도 말하고 싶어 하지 않았고, 알렉스도 굳이 캐묻고 싶지 않았다. 지금까지는.

알렉스는 손을 뻗쳐 여우의 등을 쓰다듬었다.

"누가 잡으러 온다는 거야? 사막에 혼자 살고 있잖아. 아무 잘못도 안 했잖아."

여우가 훌쩍였다.

"앨리스, 나는 있는 게 잘못이야. 잘못 만들어졌어. 잘못 태어났어."

알렉스는 가슴을 얻어맞은 것 같은 충격을 느꼈다. 두 팔로 여우를 꽉 껴안았다. 아까 먼지가 눈에 들어갔을 때와는 다른 눈물이 갑자기 솟구쳤다.

"그런 게 어딨어! 있는 게 어떻게 잘못일 수가 있어?"

여우의 눈물이 어깨에 느껴졌다. 알렉스는 대답 없이 계속 훌쩍거리는 여우를 더 세게 껴안았다. 그리고 목소리를 가다듬어 다시, 최대한 밝게 말했다.

"괜찮아. 내가 있잖아!"

여우의 훌쩍임이 잦아들었다.

"정말로 있어?"

알렉스는 어떻게 대답해야 할지 망설였다. 있는 것은 잘못일 수 없다. 하지만 있어야 하는데 없는 것은 잘못일 수도 있겠다는 생각이 들었다. 무슨 수를 써서든 여우에게 자기가 정말로 있다는 것을 알리고 싶었다.

"정말로 있어. 내가 증명해 줄게. 어떻게든. 그래서 누가 잡으러 온다는 거야?"

"……티타니아 그룹."

알렉스는 숨이 멎는 것 같았다. 기지의 벽 곳곳에 박힌 로고에 나오는 이름, 수업 시간에 수도 없이 들은 이름이다. 알렉스가 그 이름의 무게에서 벗어나기도 전에, 여우가 아까보다 진정된 목소리로 말했다.

"앨리스, 너는 빛의 속도를 넘을 수 있어."

전혀 기대하지 않은, 갑작스러운 선언이다.

"……무슨 소리야?"

"네가 정말로 있다면 그럴 수밖에 없어. 그렇다면 분명 다른 것도 할 수 있을 거야."

알렉스는 여우가 무슨 말을 하는지 몰랐다. 그러나 아까는 없었던, 더 따뜻하고 밝은 무언가가 여우 주변에 감돌았다. 여우를 껴안은 두 팔을 타고 그것이 전해져 왔다. 알 수 없는 감정에 알렉스의 마음도 부풀었다.

"뭔지 몰라도 도와줄게. 그러니까 더 얘기해 줘. 뭐가 어떻게 된 건지."

알렉스는 두 팔을 풀고 조금 물러나 여우의 얼굴을 바라보았다. 여우는 더 이상 울고 있지 않다. 여우는 앞발로 눈가를 닦고 말했다.

"너, 책 어쨌어?"

"책?"

"『어린 왕자』 말이야. 항상 품고 있었잖아."

알렉스는『어린 왕자』없이 여우와 대화하고 있다는 것을 그제야 깨달았다. 무심코 몸을 더듬었지만 그 낡은 책은 어디에도

✦

없었다.

오늘은 놀랄 일투성이다. 어떻게 된 일인지 모르겠다고 여우에게 말하려는데, 다른 목소리가 들려왔다. 잠시 잊어버리고 있던, 기계도 아니고 사람도 아닌 무언가의 목소리였다.

"들어와, 여기가 12번 실험실이야."

룹알할리 국제 금속 플라스틱 재활용 센터가 사라졌다. 대신 로즈워터 기지의 새하얀 벽이 다시 나타났다. 여우는 이제 보이지 않는다. 눈앞에는 책상과 의자가 있고, 그 옆에는 안드로이드가 하나 서 있다. 하얗고 무표정한 플라스틱 얼굴로 벽을 바라보고 있다가, 알렉스가 들어선 문을 향해 고개를 돌렸다.

"여기 앉아! 이제 특별 수업이야!"

표정 없는 안드로이드의 입을 통해, 로즈워터가 고양된 어조로 말했다.

벽의 스크린에 영상이 하나씩 나타났다. 시험에서 가끔씩 보았던, 수업 내용과 관계없는 문제들에 나오는 것과 닮았다. 시험에 그런 문제가 나올 때마다 느껴졌던 기지의 진동이 이번에도, 그러나 훨씬 더 심하게 느껴졌다.

이번 영상은 다섯 개였다. 그간 나왔던 다양한 사진들과 달리, 이번에는 모두 사람이 한 명씩, 얼굴을 뚜렷하게 알아볼 수 있는 각도로 찍혀 있다. 모두가 티타니아 그룹의 실험복을 입고, 머리에는 전극을 잔뜩 연결하고 있다.

그리고 화면에 전과는 다른 문제가 나왔다. 안드로이드의 입으로, 로즈워터가 문제를 건조하게 읽었다.

"위 영상에 나온 사람들 중 올바른 한 명을 골라 다음의 수열을 전달하시오. 481393210."

차가운 기운이 등줄기를 훑고 내려갔다. 알렉스는 의미가 없는 줄 알면서도 안드로이드의 표정 없는 얼굴을 쳐다보았다. 로즈워터는 알렉스가 하는 비밀 대화에 대해 알고 있는 게 분명하다. 어쩌면 알렉스 자신이 알기 전부터 알고 있었는지도 모른다. 당초에 알렉스가 여기 있는 이유가 그것 때문인지도 모른다.

여우는 티타니아 그룹이 잡으러 오고 있다고 했다. 어쩌면 그것은 알렉스와 이야기를 나누었기 때문인지도 모른다. 알렉스와 여우의 대화를, 로즈워터 기지는 계속 엿듣고 있었는지도 모른다.

알렉스는 자리에서 벌떡 일어났다. 의자가 뒤로 팅겨 나갔다. 요란한 금속성 소리가 12번 실험실에 울려 퍼졌다.

"지금은 안 돼. 급한 일이 있어."

로즈워터가 부드러운 목소리로 말했다.

"이것보다 중요한 일은 없어."

안드로이드가 알렉스의 어깨에 손을 얹었다. 바닥에 주저앉히려는 듯한 묵직한 압력이 느껴졌다.

알렉스는 눌러 오는 힘에 맞서는 척하다가 몸을 확 낮추었다. 그리고 안드로이드가 자세를 보정하는 틈을 타 몸을 확 돌려 문을 향해 달려가며, 손을 있는 대로 앞으로 뻗어 자동문을 작동시켰다. 녹색 불이 빨간색으로 바뀌었지만, 이미 열리기 시작한 문은 다 열릴 때까지 닫히지 않는다. 알렉스는 최소한의 틈새가 생기자마자 몸을 구겨 넣었다. 안드로이드는 균형을 잡고 다가오고 있었다. 안드로이드의 손이 옷소매를 붙잡기 직전에, 알렉스는 몸을 완전히 빼내 복도로 나갔다. 바닥의 화살표는 아까와 달리 강렬한 주황색으로 깜박이며, 알렉스에게 실험실로 돌아가라고 명령하고 있었다. 알렉스는 달리기 시작했다.

6

슈잉

슈잉은 가슴이 쿵쾅거리고 눈앞이 하얬다.

이해할 수 없는 일이 일어났다. 죽음을 받아들였을 때 찾아온 환각에게 현재 위치와 목적지를 가르쳐 주었더니 여우에게 계산을 시켜 항로를 잡아 주었다고 하면 누구도 믿지 않을 것이다. 당장 슈잉 자신부터 믿을 수 없었다.

하지만 배는 목표 지점에 도착했다. 경비 위성이 받아 주지 않았던 티타니아 그룹의 식별 신호를 이 기지는 받아 주었다. 도킹은 자동화된 절차에 따라 순조롭게 진행되었고, 에어록은 간단한 소독 절차만 마치고 열렸다.

슈잉은 홀린 듯한 기분이 되었다. 언제쯤 항복하면 되는지 궁금했다.

엘리베이터가 움직일수록 점점 세지는 의사 중력을 느끼며,

슈잉은 침을 삼켰다. 슈잉은 화성에서 태어나 자랐고 그 중력에 익숙했다. 이 기지는 아무래도 1G에 맞추어져 있는 모양이다. 화성의 3배에 가깝다. 슈잉은 이 임무에 앞서서 약도 먹어 왔고, 1G에 적응하는 훈련도 매일같이 받았다. 하지만 고중력이란 마치 외국어와 같아서 결코 완전히 익숙해질 수 없다는 것을 잘 알고 있다.

처음 들어왔을 때처럼 친절하지만 무미건조한 목소리가 들려왔다.

"사원 여러분, 로즈워터 기지에 오신 것을 환영합니다. 본 기지는 연구 시설로서, 외부 인원의 체류는 긴급 의료 목적이 아닌 한 두 시간으로 제한되어 있습니다. 제1 및 제2토러스의 출입은 금지됩니다. 체류 사실은 고과에 반영됩니다. 다음 질문에 대답해 주세요."

엘리베이터 벽에 걸린 모니터에 배의 현재 상태가 표시되고, 그 밑에 예 / 아니요 / 모름으로 대답할 수 있는 질문들이 나열되었다. 배의 수리와 보급에 관련된 기술적인 내용이라, 슈잉은 대부분 '모름'을 누를 수밖에 없었다. 그 어느 질문도 슈잉의 정체를 묻지 않았다. 지금쯤이면 슈잉이 권총으로 무장하고 있다는 사실을 알아챘을 법한데, 그에 관해서도 아무 말이 없다.

거기까지 생각하고서야, 슈잉은 모니터의 테두리를 이루는 주황색 띠가 티타니아 그룹의 보안 단계 표시라는 것을 눈치챘다. 훈련 때 들은 내용이 어렴풋이 기억났다. 녹색, 노란색, 주황색, 빨간색의 순서로 위험 수준을 나타낸다. 주황색은 위험 요인이 발생했고 아직 통제되지 않았음을 나타낸다. 빨간색은 위험이 실현되어 즉각적인 대처가 필요하다는 뜻이다.

모든 질문에 대답하자, 컴퓨터의 음성이 다시 울렸다.

"답변 감사합니다. 다음 품목의 기본적인 보급이 승인되었습니다: 물, 산소, 표준 식량, 연료. 배의 손상이 심각합니다. 책임자에게 보고하고 지시를 받으십시오."

문이 열렸다. 따로 표시는 없었지만, 슈잉은 중력이 완연한 1G에 달한 것을 느끼며 쇳덩이같이 무거운 몸을 밖으로 옮겼다.

아무도 항복을 요구하지 않으면 어떻게 해야 하는 걸까? 전혀 생각나지 않았다. 문 너머에는 아무도 없다. 바닥에 느리게 깜박이는 주황색 화살표가 보였다. 슈잉은 화살표를 따라 걷기 시작했다.

걸음걸음이 무거웠다. 토러스가 둘 이상인 기지는 각 층의 회전 속도에 차이를 두어 중력을 다르게 설정하는 경우가 많다. 이 제3토러스 아래의 두 층은 화성 중력에 맞추어져 있을지도 모를 일이지만, 그쪽은 출입이 금지되어 있다고 아까 엘리베이터에서 들었다. 당분간은 1G의 무거움을 감수해야 한다.

땀이 잔뜩 흘렀다. 키가 줄어든 것 같은 착각이 들었다. 시야가 좁아지는 것을 느끼고, 슈잉은 헬멧을 벗어 손에 들었다. 헬멧조차도 덤벨처럼 느껴졌다.

터덜터덜 걷고 있는데, 저만치에서 발소리가 들려왔다. 세 쌍의 다리가 걸어오는 것이 제일 먼저 보였다. 슈잉은 그 자리에 멈춰서, 등허리에 찬 권총으로 오른손을 돌렸다. 안드로이드 세대의 모습이 곧 드러났다. 빠른 걸음으로 다가오고 있다. 안드로이드들은 곳곳이 주황색으로 빛나고 있었다.

슈잉은 권총에서 손을 떼고, 두 손이 보이도록 팔을 올렸다. 이제 항복할 때가 온 것이다.

안드로이드들은 두 손을 든 슈잉을 향해 보폭을 바꾸지 않고 걸어왔다. 슈잉은 뭐라고 해야 할지 아직도 감이 잡히지 않았다. 항복이라고 외치면 되나? 이름과 란차오 상방의 사원 번호를 대면 되나? 안드로이드들이 코앞에 들이닥치자 저도 모르게 말이 터져 나왔다.

"천슈잉, 사원 번호 D193 —"

거기까지 말했는데, 안드로이드들이 슈잉을 슬쩍 비켜서 계속 앞으로 걸어 나갔다. 슈잉은 망연자실해서 뒤를 돌아보았다. 주황색 글씨와 선을 번쩍이며, 안드로이드들은 뒤돌아보지조차 않고 똑같은 걸음걸이로 나아가고 있었다.

슈잉은 중력과 허탈감에 그 자리에 주저앉을 뻔했다. 벽을 짚고 숨을 골랐다. 이 기지는 지금 슈잉보다 더 위험하게 여기는 일이 있다. 저 주황색은 슈잉 때문이 아닌 것이다.

"안녕! 너는 누구니?"

머리 위에서 갑자기, 발랄한 보육 교사 같은 목소리가 들려왔다. 온몸에 소름이 돋았다. 원래 기지의 AI는 자격을 가진 인원이 상대하게 되어 있었다. 슈잉은 애써 못 들은 척 화살표를 따라 계속 걸으며, 정체를 밝히고 바로 항복할까 망설였다.

"너는 무장을 하고 있구나! 혹시 조금 전에 도착한 본사의 보안 요원이니?"

"어, 음."

아무래도 로즈워터 기지는 슈잉의 신원을 파악할 능력이 없는 모양이다. 가짜 식별 신호를 알아채지 못한 것도 그렇고, 이 외딴 기지는 보안 정보를 제대로 전달받고 있지 못한 듯했다. 슈잉은 그 이유가 궁금했지만, 그렇다고 AI와 길게 대화하고 싶지는 않았다.

부모가 자식들의 고과 점수를 벌기 위해 토성 궤도에 가 있는 동안, 란차오 상방은 직원 복지를 위해 보육 AI를 제공했다. 슈잉과 밍샤는 AI를 '큰누이'라고 부르며 두려워했다. 큰누이는 모든 것을 다 알고 있었다. 학교 성적과 진로 지표도, 공장에서의 성과도, 진료 기록도, 슈잉과 밍샤 자신들보다 큰누이에게 먼저 전해졌다. 큰누이는 그에 따라 말투를 바꾸고, 식단을 조절하고, 놀이를 통제했다.

로즈워터 AI의 어조에서, 슈잉은 밍샤의 장례에서 돌아왔던 날의 큰누이를 떠올렸다. AI가 계속 말했다.

"지금 이 기지는 주황색 경보 상태야. 실험체가 탈출했기 때문에 그래. 지금 수색하고 있는데, 우리 감시 시스템이 닿지 않는 곳에 숨어 있는 것 같아. 도와줄 수 있어?"

실험체? 슈잉은 우주선에서 보았던 임무 대장 속 어린아이의 사진을 떠올렸다.

"두 시간 넘게 있으면 고과에 반영되는데……."

핑계를 대 보았다. 그러자 AI의 어조가 더 고양되었다.

"그런 건 걱정 안 해도 돼! 실험체를 생포하면 상쇄하고도 남아! 승진도 할 수 있을 거야!"

AI는 거짓말을 한다. 그것도 아주 잘한다. 슈잉은 그 사실을 큰누이와의 생활로 잘 알고 있었다. 그 말에 관계없이, 슈잉은 재빨리 머리를 굴렸다. 들키는 즉시 붙잡힐 것은 확실하다. 그리고 들키는 것은 순전히 시간문제다. 지금 슈잉의 처지는 말하자면 난치병에 걸려 언제 수명을 다할지 모르는 환자와도 같았다. 그렇다면 이 '실험체'를 자기가 찾아내서 손해 볼 것은 없다. 정말 운이 좋다면 데리고 도망칠 수도 있다. 그렇지 않더라도, 우주선의 보급이 끝날 때까지 정체를 숨기기에는 이 수색에 참가하는 것만 한 위장이 없다.

"좋아. 내 업무가 아니긴 하지만."

AI가 거의 기쁜 것처럼 말했다.

"고마워! 자, 자, 조심해야 할 것이 있어. 이 실험체는 굉장히 위험해! 정말 조심해야 해!"

"어떻게 위험한데?"

AI의 어조가 엘리베이터의 안내 음성처럼 밋밋해졌다.

"그건 너한테 얘기할 수 없어."

그러면 어떻게 조심하라는 말인가. 슈잉은 더 캐묻지 않고 등허리에 찬 권총을 꺼내 들었다. 비밀 연구 시설에서 실험체가 탈출하는 것은 호러 영화와 게임의 한 갈래를 이룰 정도로 흔한 얘기다. 그런 이야기에서도 항상, 책임자들은 실험체의 정체를 최대한 숨기려 든다. 그러나 임무 대장에 나온 그 아이가 정말로 탈출한 실험체라면, 영화나 게임에 나오는 움직이는 시체, 이빨이 날카로운 외계 생명체 같은 위험은 아닐 터이다.

그러고 보니 변신하는 괴물에 관한 영화도 한 편 본 것 같다.

AI가 다시 말했다.

"걸음이 불편해 보이네? 중력을 좀 줄여 줄게!"

나는 줄도 몰랐던 진동음이 잦아들며, 몸이 서서히 가벼워졌다. 벽면 모니터에 제3토러스의 분당 회전수가 표시되었다. 빠른 속도로 수치가 내려가고 있다.

"이제 너는 더 편해지고, 1G에 익숙한 실험체는 도망치기 그만큼 어려워졌어! 이제 찾아내기만 하면 돼. 화면을 봐!"

벽면의 모니터들에 제3토러스의 지도가 나타났다. 수색이 끝난 곳은 녹색으로 표시되어 있다. 거의 대부분이다.

"색이 표시되지 않은 곳을 찾으면 되지? 검은색은 뭐 하는 곳이야?"

"생명 유지를 꺼 놓은 구역이야! 거기는 가 봤자 없을 거야. 실험체는 계속 움직일 테니까, 녹색 구역도 아예 무시하지는 마!"

검은색 구역이 의외로 많다고 생각하고 있는데, AI의 목소리가 여러 스피커에서 동시에 나왔다. 제3토러스 전체에 방송을 하는 모양이었다.

"알렉스! 이제 C4 구역의 생명 유지를 끊을 거야! 13분 내로 안 나오면 숨 막혀 죽는다?"

슈잉은 모니터의 지도를 보았다. 아까까지 색이 표시되지 않왔던 한 구역을 검은색이 물들이고 있었다. 곁의 스피커에서 AI의 목소리가 들려왔다.

"한꺼번에 전부 끄면 죽어 버리니까 안 돼. 숨을 곳을 없애는 게 중요해. 알았지? 지도는 계속 변할 테니까, 잘 봐 가면서 찾아야 해."

"너무 심한 거 아니야?"

슈잉은 자기도 모르게 그렇게 말했다.

"내 권한 범위 내에 다 있는 거야. 자, 가서 찾아!"

중력이 낮아지자 움직이기가 훨씬 편했다. 왼손에는 헬멧을, 오른손에는 권총을 들고, 슈잉은 제3토러스를 걸어 나갔다. 실제로 '실험체'를 찾을 수 있을 거라는 생각은 하지 않았다. 기지 전역에 카메라가 깔려 있고 지금까지 본 것만도 안드로이드가 셋이나 돌아다니며 뒤지고 있는데, 실험체가 슈잉의 손에 떨어지는 것은 복권 당첨이나 다름없는 행운이다. 그리고 복권은 회사의 간부들만 당첨된다는 것이 상식이다. 여기서 슈잉이 해야 할 일은, 마치 진짜 티타니아 그룹의 보안 요원인 것처럼 행세하며 시간을 때우는 것이다.

화살표를 따라 토러스의 복도를 걷다가 아무 문이나 대충 열고 들여다보기를 반복하며, 슈잉은 몇 가지를 알게 되었다. 첫째, 제3토러스에는 사람이 살지 않는다. 침대에 베개가 놓여 있거나, 테이블 주변에 의자가 있는 등, 원래 누군가가 살았던 흔적은 있다. 하지만 모든 것이 고운 먼지에 덮여 있다. 오직 단 한 곳에만 어린아이의 손자국이 묻은 먼지 낀 탁자가 있을 뿐이었다.

얄궂게도, 그 방의 이름은 방문 직원 대기실이었다.

뽀얀 먼지에 난 손자국을 보았을 때, 슈잉은 애처로웠다. 아이는 여기 갇혀서 실험의 대상이 되고 있는 것이 분명하다. 제3 토러스의 방마다 끼어 있는 먼지를 보면, 아이는 필시 어딘가 다른 곳에서 오랜 시간을 보냈을 것이다. 어쩌면 아래의 두 층 중 어느 하나에서 평생을 지냈는지도 모른다. 집이라기에는 너무 넓고, 세상이라기에는 너무 좁은 곳이다. 슈잉은 마이크에 대고 물었다.

"저기, 로즈워터 기지?"

스피커에서 AI의 불편하도록 밝은 목소리가 들려왔다.

"왜 그래? 찾았어?"

"여기 실험체 말고 다른 사람은 있어?"

"내가 있지! 너도 있고."

"그 외에는?"

"없어! 이 기지에는 실험체밖에 없어."

더 자세한 것을 물어보려다가 공연한 의심을 살까 두려워 그만두었다. 슈잉은 전에 없이 우울해졌다. 경비 위성에게 허망하게 얻어맞지만 않았다면, 지금쯤 기지를 제압하고 아이를 확보할 수 있었을 것이다. 그러나 곧, 슈잉은 란차오 상방이 아이를 더 낫게 대해 줄 것 같지 않다는 데 생각이 미쳤다.

복도를 따라 직선으로 이어지는 화살표가 오른쪽으로 굽었다. '12번 실험실'이라는 표지판이 보였다. 문 옆에 붙어 있는 모니터의 지도에서 이 방에 표시된 색깔을 확인했다. 녹색이다.

✦

슈잉은 문을 향해 한 걸음 다가갔다. 자동문이 스르륵 열렸다. 하얀 벽과 책상, 의자 하나가 보였다. 표정 없는 안드로이드 하나가 덩그러니 서 있었다.

그때 풍경이 거짓말처럼 바뀌었다. 하얗고 넓은 방은 사라지고, 기계와 파이프와 케이블이 잔뜩 들어찬 좁은 공간이 펼쳐졌다. 조명이라고는 설비들에 붙은 디스플레이와 안내등뿐이었다.

녹색과 빨간색 안내등이 깜박이는 온갖 잡동사니들의 틈새에 아이 하나가 틀어박혀 있었다. 동생 밍샤였다. 우주선에서 환각으로 보았던 건강한 모습이 아니다. 항암 치료를 받을 당시의 환자복을 입었고, 머리카락이 하나도 없다. 슈잉은 뒤로 한 걸음 물러섰지만, 문은 닫히지 않았다. 아니, 당초에 문이 있었다는 흔적조차 없다. 주위를 둘러보았다. 잡동사니 속에 있기로는 슈잉도 마찬가지였다.

밍샤가 고개를 들고, 힘없는 목소리로 말했다.

"슈잉."

"……왜 그래, 밍샤. 여기서 뭐 해?! 왜 이렇게 힘이 없어?"

"나는 알렉스라니까요. 한참 동안 아무것도 못 먹었어요. 로즈워터한테 안 들키려고 숨어 있느라……."

우주선에서 본 환각 속의 아이다. 밍샤처럼 생겼지만 아니다. 항법 코드를 전해 주어, 슈잉이 우주에서 죽지 않고 여기까지 오게 한 아이다. 슈잉은 또다시 그 아이와 대화하고 있다는 것을 깨달았다.

슈잉은 조심스럽게 물었다.

"너, 혹시 로즈워터 기지에 있니?"

"어떻게 알았어요?"

"로즈워터가 내 목적지였어. 네 덕분에 도착했어."

"여우 덕분이에요. 아, 여우……."

밍샤의 모습을 한 알렉스가 울기 시작했다.

"왜 그래?"

알렉스가 울음을 그치지 않고, 하지만 울고 있다고 생각되지는 않을 정도로 단호하고 또렷하게 말했다. 슈잉은 사람에게서 그런 모습을 한 번도 본 적이 없었다.

"난 여기서 나가야 해요. 타고 온 우주선, 지금 있어요?"

"도킹 브랜치에 있기는 있어. 그런데……."

"데리고 가 줘요. 지구에 가야 해요."

슈잉은 말문이 막혔다. 지구에는 한 번도 가 본 적이 없고, 가는 길을 알지도 못한다. 지구에 가려면 연료가 얼마나 필요할지? 그러나 슈잉은 자기가 지구에 갈 생각을 진지하게 하고 있다는 데 놀랐다.

"밍…… 알렉스. 지구에는 못 가. 당장 제3토러스를 벗어나지도 못해. 엘리베이터 문이 다 잠겨 있을 거야. 그나저나 어디 숨어 있는 거야?"

"엘리베이터 문은 내가 어떻게 할 수 있으니까, 지구에 데려다 줘요."

"지구까지 얼마나 걸릴지 상상도 안 가는데……."

"여우가 아니었으면 슈잉은 지금쯤 어디서 뭐 하고 있을 것 같아요?"

"아까부터 여우는 왜?"

알렉스가 벌떡 일어나며 말했다.

"지금 잡혀가게 생겼단 말이에요!"

알렉스의 두 손이 슈잉의 팔을 꽉 붙잡았다. 슈잉은 직원 대기실에서 느꼈던 한없는 애처로움을 다시 느꼈다. 여기는 소행성대 깊은 곳의 비밀 연구소다. 사방 수백만 킬로미터에 사람이라고는 슈잉과 알렉스 둘뿐이다. 그 희박한 인구 밀도의 우주에서 알렉스는 슈잉의 목숨을 구해 주었고, 이제 자기를 도와 달라고 말하고 있다.

슈잉은 붙잡히지 않은 손으로 알렉스를 꽉 끌어안았다. 아직도 울음이 그치지 않아 등이 들썩이고 있다.

"알았어, 밍샤. 내가 도와줄게. 지구에 가자."

서서히, 알렉스의 등이 들썩이기를 멈추었다. 그리고 아까보다 좀 더 밝은 목소리가 새어 나왔다.

"나는 밍샤가 아니라 알렉스예요."

7

여우

늦은 오후, 룹알할리 재활용 센터에 드론들이 찾아왔다. 여우는 굴 안에 숨어서, 쓰레기장 곳곳에 설치해 둔 카메라로 하얀 원반 모양의 드론들을 보고 있었다. 티타니아 그룹의 마크가 붙어 있다. 로터가 하나도 없다. 쓰레기로는 한 번도 본 적이 없는 모델이다.

커다란 쥐 한 마리가 쓰레기 더미 속에서 튀어나왔다가 드론이 쏜 포획용 전기 레이저에 맞았다. 레이저가 이온화시킨 공기를 따라 흐른 고압 전류에 배를 뒤집고 부르르 떠는 쥐를 보며, 여우는 온몸의 털이 곤두섰다. 드론이 내려와 쥐를 잠시 살펴보더니 도로 고도를 높였다.

굴의 위치를 들키는 것은 시간문제다. 이대로는 여우도 저 쥐와 같은 신세가 될 것이다.

인터넷을 켠 것은 실수였다. 우회를 몇 단계 했건 간에, 아무도 없어야 할 사막 쓰레기장에서 나오는 위성 신호는 티타니아 그룹의 감시망에게 마치 한밤중의 봉화 같았을 것이다. 하지만 쫓기고 있다는 사실을 몰랐던 그때는 앨리스의 부탁을 들어주는 것이 더 중요했다.

빛보다 빠르게, 앨리스가 말했었다. 네 잘못이 아니라고, 내가 있으니까 걱정하지 말라고. 리콜 명령이 내렸을 때, 회색 하늘 아래 항구에서 진짜 앨리스에게서 듣고 싶었던 말이다.

저 멀리 어딘가에 새 앨리스가 있다. 비록 상상할 수 없을 정도로 먼 곳에 있지만, 앨리스는 누구보다도 여우에게 가까웠다. 머릿속에만 들리도록 이야기하지만, 누구보다도 진짜였다. 지금은 그것을 믿을 수 있었다.

그렇다면 잡혀서는 안 된다. 지금부터 정말로 똑똑하게 행동해야 한다. 겁을 먹고 우느라 오전을 허비하는 바람에 잠이 부족하다. 트럭에 부랴부랴 짐을 실어 두었지만 아직 굴에는 챙길 것이 많이 남아 있다. 귀가 저절로 쫑긋 섰다. 네 가닥 촉수도 따라서 위로 꼿꼿이 올라갔다.

트럭을 여기로 불러올 수는 없다. 그 큰 덩치가 움직이면 드론들이 굴까지 따라올 것이다. 하지만 여기서 트럭까지는 숨이 차도록 달려도 15분이 걸린다. 드론의 수는 카메라로 확인한 것만도 20대가 넘으니, 채 5분도 되지 않아 잡히고 말 것이다. 거친 바닥에 쓰러져 사지를 떨며, 포획반을 기다리는 처지가 된다.

좀 복잡한 수를 쓰는 수밖에 없다고, 여우는 생각했다.

촉수로 선반을 뒤져, 제일 튼튼하고 빠른 휴대폰을 골랐다. 그리고 컴퓨터에 접속해서, 굴의 원격 제어에 필요한 모든 것을 다운로드했다. SIM 데이터가 없어서 통화는 되지 않지만, 허브가 분산된 와이파이 망이 쓰레기장을 거의 전부 커버하고 있다. 적어도 당분간은 사용할 수 있다. 그것으로 충분하기를 바랐다.

그리고 선반 맨 위에서 묵직한 금속 서류가방을 꺼냈다. 촉수가 균형을 잡으려고 이리저리 움직이는 통에 여우는 하마터면 옆으로 쓰러질 뻔했다. 가방을 바닥에 놓고 태블릿 컴퓨터와 백업 드라이브들을 쟁여 넣었다. 중요한 데이터는 이미 전부 동기화되어 있을 것이다.

서류가방을 등에 짊어지고, 휴대폰을 오른쪽 허리에 찼다. 평소의 배낭과 달리 짊어지고 뛰기 어려울 정도로 거추장스러웠지만, 지금은 투정을 부릴 때가 아니다. 여우는 잰걸음으로 조용히 굴을 나섰다.

드론들이 내는 소리는 굴 안에서 스피커로 듣던 것보다 조용했다. 여우는 쓰레기 언덕의 그늘에 몸을 바짝 붙이고 위를 올려다보았다. 빨간 불이 켜진 카메라를 사방으로 돌리며 하얀 원반들이 여우를 찾고 있었다. 생각보다 훨씬 더 많이, 더 가까이 와 있다. 밤이었다면 굴을 나서는 순간 열 감지 카메라에 들켰을지도 모르지만, 다행히도 지금은 사막의 모래가 제일 뜨거울 시간이다. 여우는 소리가 나지 않는 선에서 최대한 빨리, 트럭이 있는 방향으로 몸을 움직였다.

쓰레기장 위를 천천히 도는 드론들에서 젊은 남자 목소리로 아랍어 경고가 들려왔다.

"2702VL! 네가 여기 숨어 있는 건 알고 있다. 공연히 괴롭게 도망다니지 말고 투항해라. 목숨은 보장하겠다."

아까도 들었던 소리고, 귀 기울일 가치가 없다. 하지만 여우는 뒤이어 들려온 말에 놀랐다.

"여우를 은닉하고 있는 불법 거주자에게 알린다. 우리는 룹 알할리 재활용 센터 관리 주체와 아무 관계가 없다. 여우만 넘겨주면 원하는 형태로 상금을 지급하고 물러나겠다."

여우는 문득 고자질한 것이 오마르일 가능성을 떠올렸다. 사막의 은둔자 알 파키르가 개를 키운다는 대목을 의심하고 티타니아 그룹에 알린 것일까? 아니, 오늘 아침 만났을 때 그런 낌새는 전혀 없었다.

"만일 여우를 내놓지 않으면 불법적으로 설치한 카메라와 통신 설비를 모두 파괴하겠다."

그 말을 듣고 여우는 깨달았다. 상대는 여기에 인간이 있다고 생각하고 있다. 아무리 보완되었다고는 하나 네발짐승이 혼자 이곳에서 쓰레기를 주워다 팔며 살아가고 있다는 생각은 전혀 하지 못하는 것이다. 카메라를 비롯한 기계들을 설치한 것은 인간일 수밖에 없다고 생각하는 것이다.

그렇다면 다음에 할 일이 조금 더 쉬워진다. 여우는 허리에 찬 휴대폰을 꺼내 촉수에 들고 원격 제어 앱을 켰다.

<스피커 #1, #2, #3: '잠깐만요! 여기 있습니다. 여우 여기 있어요. 지금 들고 나갈 테니까 쏘지 마세요.' 겁먹은 투로.>

음성 합성 프로그램이 겁먹은 노인 알 파키르의 목소리를 만들어 냈다. 1번, 2번, 3번 스피커는 굴 근처에 설치되어 있다. 원래는 떠돌이 인간이나 들짐승을 겁주어 쫓아내기 위한 것이지만, 이번에는 그 반대 역할이다.

주변의 드론들이 소리가 난 곳으로 움직이기 시작했다. 그중 하나가 굴 입구를 발견하자, 멀리 있던 드론들도 속속 모여들었다. 굴을 둘러싼 포위망이 형성되었다. 여우는 쓰레기 언덕 그늘에서 기다렸다. 드론이 하나라도 더 오기를…….

"여우를 인도받을 준비는 다 되어 있다. 빨리 데리고 나와!"

참을성이라고는 느껴지지 않는 목소리가 울려 퍼졌다. 여우는 입맛을 한 번 다시고, 휴대폰에 띄워 둔 빨간 버튼을 한 번 쳐다보고, 못내 아쉬운 마음으로 눌렀다. 작은 번개가 연달아 치는 것 같은 짜작 소리가 나더니 드론들이 마치 약을 맞은 파리처럼 우수수 떨어져 내렸다.

여우는 드론과 마찬가지로 무용지물이 된 휴대폰을 내던지고, 트럭을 향해 달리기 시작했다. 목소리의 주인은 아마도 지금쯤 욕을 퍼붓고 있을 테지만, 그것을 여우의 귀에 전해 줄 드론들은 이제 사막 바닥에 처박혀 있다.

여우가 휴대폰으로 작동시킨 것은 굴에 설치해 둔 전자기 펄스 발생 장치였다. 원래는 굴 내부의 전자 장비를 단번에 파괴해서 급히 흔적을 지우는 것이 목적이었다. 다행히도 티타니아 그룹은 사람이 아닌 드론을 투입했다. 사막의 열기는 잘 견디지만 강렬한 전자기 펄스는 그대로 통과시키는, 가볍고도 튼튼한 플라스틱 껍질을 쓴 드론을. 반면 지금 여우가 등에 짊어진, 벌써부터 후끈거릴 정도로 뜨거워진 서류 가방은 금속제다. 강렬한 전자기파로부터 태블릿 컴퓨터를 지켜 주는 패러데이 새장이다. 비록 한 걸음을 달릴 때마다 엉덩이를 후려치고는 있지만, 지금은 든든하기 그지없는 동무였다.

여우는 트럭이 바로 보이는 쓰레기 언덕 뒤에 바짝 붙어 서서 고개를 빼꼼 내밀었다. 트럭 위에 드론 두 대가 버티고 있다. 전자기 펄스 범위 밖에 있던 드론들이 몰려들기 시작했다. 굴 앞에 추락한 것이 적어도 십여 대인데, 남은 것도 결코 적은 수가 아니다.

나갈 타이밍을 엿보았지만 드론들은 360도를 모두 감시하고 있다. 머뭇거리고 있자니 아까의 흥분이 잦아들며 다시 두려움이 고개를 들었다. 여기서 붙잡히고 말 것이다. 분명 지독한 심문을 당하고, 끝내는 조각조각 해부될 것이다. 아니면 영원히, 몸도 못 가눌 만큼 비좁은 장에 갇혀서 평생을 보낼지도 모른다.

겁을 먹지 않을 수는 없다. 무서운 생각들을 안 할 수도 없다. 하지만 그렇다고 해서 움직이지 않을 수는 또 없다. 여우는 가방을 열고 태블릿을 꺼내 바닥에 놓았다. 그리고 트럭 조종 프로그램을 띄워, 촉수 네 개와 두 앞발을 모두 동원해서 트럭의 안전장치를 전부 풀고 주행 코드를 수동으로 입력해 나갔다.

확인 버튼을 누르자 트럭이 깨어났다. 윙 하는 요란한 소리와 함께 모터가 돌기 시작하고, 트럭이 엄청난 가속력으로 앞으로 튀어나갔다. 여우는 눈 한번 깜박이지 않고 트럭을 주시했다.

트럭이 앞바퀴를 축으로 해서 방향을 180도 돌렸다. 뒷바퀴가 미끄러지며, 마치 모래 폭풍이 닥친 것처럼 먼지가 일었다. 아까 실어 둔 짐이 일부 쏟아졌다. 여우는 먼지 구름 속으로, 팽이처럼 회전하는 트럭을 향해 달려 나갔다.

드론들이 바로 여우를 포착하고 전기 레이저를 쏘아 댔지만, 먼지 구름 속에서 레이저는 전기가 통하지 못할 정도로 흩어졌다. 붉게 물든 모래 먼지 속에서, 여우는 회전하는 트럭의 짐칸에 뛰어들어 방수포를 덮어썼다. 트럭은 세 바퀴쯤 더 돌고, 룹알할리 재활용 센터의 출구를 향해 북쪽으로 달려 나갔다.

여우는 방수포 아래에서 충전되고 있는 새끼양을 네 다리와 촉수로 껴안고 두 눈을 질끈 감았다. 드론들은 앞으로 길어야 두 시간이면 배터리가 떨어질 테지만, 이 트럭은 내일 아침까지도 달릴 수 있다.

트럭이 달리는 내내 여우는 눈을 뜨지 못했다. 눈을 뜨면 드론의 빨간 불빛이 똑바로 쳐다보고 있을 것만 같았다. 바람이 방수포를 스치는 소리가 시끄럽고, 잠이 들기에는 너무 초조하다. 꼬리가 마치 독립된 생명체처럼 짐칸 바닥을 탁탁 때렸다.

차양의 그늘을 벗어난 트럭은 사막의 햇볕을 그대로 받고 있다. 여우는 더워져 가는 방수포 아래에서 고개를 내밀고 싶었지만 감히 그러지 못했다. 그저 눈을 감고 새끼양을 꼭 껴안은 채 누워 있을 뿐이었다.

"여우야."

앨리스의 목소리가 들려왔다. 여우는 더위도 두려움도 순간

잊고서 앨리스를 향해 외쳤다.

"앨리스! 나 해냈어! 도망쳤어!"

"티타니아 그룹이 벌써 쫓아왔어?"

"응! 드론들이 잔뜩!"

막 무용담을 풀어놓으려는데, 앨리스가 악, 하는 외마디 비명을 질렀다. 여우는 놀라서 물었다.

"왜 그래?"

"실은 나도 도망치고 있거든. 방금 손이 미끄러졌어. 화성 중력이라 괜찮아!"

앨리스의 목소리에 깃든, 전에 본 적 없는 생기가 느껴졌다. 여우는 손이 미끄러졌다느니, 중력이 어떻다느니 하는 말이 마음에 걸렸지만, 정말 궁금한 것은 따로 있었다.

"넌 우주 기지에 있다고 그랬잖아. 어디로 도망친다는 말이야?"

"슈잉이 우주선을 갖고 왔어. 그걸 타고 지구로 갈 거야."

여우는 감고 있던 눈을 번쩍 떴다.

"지구에는 왜?"

앨리스가 환한 목소리로 말했다.

"널 만나러! 그러니까 그때까지 잡히지 마. 내가 가서 도와줄게!"

가슴이 더욱 빠르게 뛰었다. 앨리스가 온다, 나를 만나러. 항구에서 헤어진 그 앨리스도 아니다. 수년간의 고독이 만들어 낸 환상도 아니다. 휴대폰 사진 속의 누군지 모를 사람도 아니

✦

다. 저 우주 멀리 정말로 존재하는 앨리스가, 나를 위해 그 먼 길을 온다. 여우는 더 이상 혼자가 아니었다.

그 순간, 여우는 가슴속인지 머릿속인지, 어딘가에 있던 무언가가 열리는 것을 느꼈다. 아니, 있는 줄도 몰랐던 기관 같다는 느낌이다. 마음의 온도가, 색깔이 바뀌어 갔다. 영원히 지워지지 않을 웃음이 마음속에 피어났다.

앨리스에게 막 대답을 하려는데 몸이 붕 떠올랐다. 요란한 소리가 들린 것도 같다. 여우는 새끼양과 함께 모래 바닥에 내팽개쳐졌다.

머리를 흔들어 모래를 털고 위를 올려다보았다. 하늘에 시커먼 헬리콥터가 떠 있다. 뒤로 고개를 돌리자 모래 언덕을 들이받고 멈춰 선 트럭이 보였다. 헬리콥터 바로 앞에는 연기가 피어오르는 모래 구덩이가 생겨나 있다. 헬리콥터의 스피커가 사막을 울렸다.

"2702VL. 솔직히 말해 좀 감동했다. 애완용으로 만들어진 짐승이 이렇게까지 기어오를 줄은 몰랐어. 하지만 그것도 이제 끝이다. 그만 순순히 투항해라."

여우는 숨을 크게 들이쉬었다. 이것만, 이것만 넘기면 앨리스를 만날 수 있다. 여우의 머리는 그 생각으로 가득 차, 모래를 사방으로 흩날리는 중무장 공격 헬기를 앞에 두고서도 두려움을 느낄 새가 없었다.

있는 줄 몰랐던 그 기관이 꿈틀거렸다. 갑자기, 몸을 덮은 털 하나하나가 간지러웠다. 헬리콥터가 일으킨 바람에 털이 움직였기 때문이 아니다. 털 사이의 미세한 정전기가 느껴진 것이다. 뒤이어 등에서 돋아난 촉수와 그 접속 부위에 흐르는 전기가, 마치 다리가 저릴 때처럼 느껴졌다. 여우는 고개를 갸우뚱하고 헬리콥터를 쳐다보았다. 헬리콥터에도 당연히 전기가 흘렀고, 여우는 그것을 하나하나 다 느낄 수 있었다. 시각도 촉각도 아닌, 이름 없는 감각으로.

자기도 모르게, 여우는 헬리콥터를 향해 오른쪽 앞발을 뻗었다. 여기를 이렇게 끊으면……

헬리콥터가 제자리에서 뱅글뱅글 돌기 시작했다. 여우는 안에서 들리는 당황한 비명을 들었다. 아니, 들은 것이 아니다. 조종사의 외침이 전기로 변환되어 통신 장치 속을 지나는 것을 느낀 것이다.

육중한 쇳덩이가 모래 속에 처박혔다. 회전하는 로터가 사방으로 모래를 튀겼다. 안의 인간이 문을 열려고 애쓰고 있다. 여우는 다시 앞발을 뻗었다. 문은 당분간 열리지 않을 것이다. 에어컨을 끊을까 하는 생각도 했지만, 이 뜨거운 햇볕 아래에서는 아무래도 너무한 처사다.

여우는 종종걸음으로 트럭을 향해 걸어갔다. 모래 속에 나뒹구는 새끼양을 쳐다보았다. 새끼양이 마치 줄이 당겨진 꼭두각시처럼 일어나 여우의 뒤를 따랐다.

8

✦

알렉스

"조심해. 그렇게 빨리 올라가다가 아까처럼 미끄러진다."

슈잉이 걱정스러운 투로 말했지만, 알렉스는 기지의 널찍한 기둥 속을 떠 올라가는 것이 재미있어서 어쩔 줄을 몰랐다. 로즈 워터로부터 이렇게 멀어져 본 적은 처음이다. 다른 인간과 이렇게 시간을 보내는 것도 처음이다.

지금 입고 있는 큼지막한 옷은 '방문 직원 대기실' 옷장에 있던 것이다. 목덜미 경첩에 헬멧이 달린 보호복이다. 슈잉은 이 옷을 가져다주며, 우주선이 완전히 수리되지 않아 당분간은 이 옷을 입고 있어야 한다고 했다. 에어록에 들어가면 헬멧을 써야 한다는 말도 덧붙였다.

기다란 원통형 공간에 수많은 팬이 돌아가는 소리가 메아리 쳤다. 수업에서 듣기로, 이 기지의 중심 기둥은 엘리베이터의 운

✦

행만이 아니라 기지의 환기에도 사용되고 있다. 여기는 정화 시설이 있으니 로즈워터도 공기를 빼지 못할 것이다. 무엇보다 스피커가 없어서 좋다. 로즈워터의 으름장과 구슬림을 이제는 더 들을 필요가 없다.

"미끄러지면 어때요. 어차피 무중력인데."

처음에 엘리베이터 문을 억지로 열고 제3토러스의 바큇살에 해당하는 통로를 기어오르기 시작했을 때는 약간 겁이 났지만, 여우와 이야기하는 데 정신이 팔려 한 손이 미끄러졌을 때 알렉스는 자기 몸의 무게가 깃털처럼 가볍다는 것의 의미를 비로소 느꼈다. 알렉스는 벽을 비스듬히 차서 물고기처럼 위로 치솟아 보았다.

중심 통로를 지나는 동안에도 중력이 갈수록 약해지기는 했지만, '아래'로 잡아끄는 힘이 있는 한 높이를 느끼는 것을 피할 수는 없었다. 그 길을 벗어나 기지의 중심 기둥에 도착했을 때부터는 완전한 무중력이었다. 움직이는 엘리베이터 안과는 또 달랐다.

중력에 매이지 않는다는 것은 정말 자유롭다! 그런 생각을 하는 와중에 정신을 차리고 보니 몸이 공중에서 아무렇게나 돌고 있었다. 알렉스는 공중에서 허우적거리다가 벽에서 튀어나온 골조를 붙잡고 멈췄다. 슈잉의 한숨 섞인 목소리가 들렸다.

"거봐라, 좀 얌전하게 갈 수 없니?"

"슈잉은 좀 빨리 올 수 없어요?"

아래를 내려다보았다. 벽에 자석 신발을 붙이고 걸어 올라

오느라 한참 뒤처져 있는 슈잉의 뒤로, 하얀색의 무언가가 꿈지럭거리며 기어 오는 것이 보였다.

"알렉스, 잠시 멈춰 봐! 나랑 얘기 좀 하자."

손발을 벽에 붙이고 거미처럼 기어 오는 안드로이드의 무표정한 얼굴에서 로즈워터의 목소리가 울려 나왔다. 불과 조금 전까지의 신나는 어조가 아니다. 걱정이 가득하다.

알렉스는 아직 철골을 붙잡고 몸을 가누는 중이었다. 기겁한 슈잉이 권총을 꺼내 안드로이드를 겨누고 말했다.

"우린 나갈 거야! 썩 물러나!"

"설령 이것 한 대가 부서져도 상관없어. 저 밑에 잔뜩 더 올라오고 있으니까."

총성이 울렸다. 머리를 맞았는지, 안드로이드의 고개가 뒤로 홱 젖혀졌다. 목의 전선과 유압 케이블이 드러났다. 하지만 두 손과 두 발은 계속 기둥 벽면에 붙이고서 기어 올라오고 있다.

슈잉이 아예 몸을 돌려, '위'를 향해 뒷걸음치면서 총을 몇 발 더 쏘았다. 요란한 총성이 한 번 울릴 때마다 안드로이드의 하얀 머리와 몸통에서 주황색 불꽃이 튀었다. 알렉스가 외쳤다.

"소용없어요! 걔들 되게 튼튼해요!"

슈잉이 어느 나라 말인지 모를 한 마디를 짧게 내뱉더니 중얼거렸다.

"제대로 된 무기를 갖고 올걸……."

로즈워터가 계속 타이르는 투로 말했다.

"알렉스, 이런 위험한 침입자랑 같이 어딜 가겠다는 거야?

너는 열네 살밖에 안 됐어. 안전한 이곳에서 보호받으며 자라야 해. 아직 배울 것도 많이 남아 있다고. 너 화학 좋아하잖아? 더 배우고 싶지 않니?"

알렉스는 껴안고 있던 철골에 발을 올리고 '아래'를 보며 말했다.

"싫어, 로즈워터. 난 지구에 갈 거야!"

로즈워터가 긴 한숨을 쉬었다. 숨을 쉴 필요조차 없는 존재가 스피커로 만들어 낸 가짜 한숨이다.

"아직도 모르겠어? 저 사람은 경쟁사의 스파이가 분명해. 널 지구 같은 데 데려다줄 것 같아? 우주선에 타는 즉시 방에 가두고 자기 회사에 팔아넘길걸?"

알렉스는 철골을 차고 위로 날아가려다가 주춤했다. 그러고 보니 슈잉이 무엇을 하는 사람인지 듣지 못했다. 슈잉은 방의 벽 패널을 뜯고 들어와 난방 장치의 틈새에 숨어 있는 알렉스를 찾아서, 주머니에 든 에너지 바를 주었다. 알렉스는 실물 사람을 처음 만난 것이 기뻐서, 그리고 한참 굶주린 배에 에너지 바를 집어넣느라 바빠서, 슈잉이 누구인지 묻는 것을 잊어버리고 있었다. 전에 이야기를 나눠서 이미 아는 사이라는 기분이 들었기 때문인지도 모른다.

기지의 회화 시뮬레이션에서, 이런 상황은 한 번도 나온 적이 없었다.

알렉스는 저 아래의 슈잉에게 소리쳐 물었다.

"그거 정말이에요? 경쟁사의 스파이라는 말?"

안드로이드가 머리를 뒤로 젖힌 채 계속 거미처럼 기어 올라오고 있다. 슈잉은 미련을 버리지 못한 듯, 총을 겨눈 상태로 빠른 속도로 뒷걸음치고 있었다. 슈잉이 돌아보지 않고 말했다. 목소리가 메아리쳤다.

"원래는 그랬어. 하지만 더 이상은 아니야. 누가 뭐래도 꼭 지구에 데려다줄 거야."

알렉스는 망설였다. 저 '위'에 에어록이 보였다. 기지 AI가 막더라도 수동으로 열 수 있는 비상 장치가 있다. 문을 열기만 하면, 평생을 살아 온 로즈워터 기지와는 영원히 작별이다. 방에 두고 온 『어린 왕자』가 생각났다. 카메라가 엿보지 못하는 침대 발치의 자리가 떠올랐다. 로즈워터가 마음을 읽기라도 한 것처럼 타일렀다.

"오늘 처음 만난 사람을 믿을 거니, 아니면 나를 믿을 거니? 내가 지금까지 너를 해친 적이 있었어?"

알렉스는 어이가 없어 악을 썼다.

"아까 막 공기 빼고 난방 끄고 그랬잖아!"

로즈워터가 다시 한숨을 쉬었다.

"미안해. 그건 다 너를 위해서 그런 거야. 내가 지금까지 진짜로 너를 해친 적이 있었어?"

알렉스는 에어록을 쳐다보고 침을 삼켰다. 지구에서는 여우가 기다리고 있다. 하지만 거기 가지 못한다면 여기서 나가는 게 무슨 의미가 있을까? 또 다른 소행성에 있는 또 다른 기지에서, 또 다른 AI와 함께 사는 게 과연 좋은 일일까? 여우와도 다시는 이야기를 못 하게 되는 것은 아닐까? 방에 두고 온 『어린 왕자』
가 다시 생각났다.

알렉스는 눈을 꾹 감고 마음을 굳혔다.

"로즈워터, 나는 여우가 사는 사막을 봤어. 쓰레기가 가득
했지만, 적어도 뭔가가 가득하기는 했어. 아니, 아무것도 없어도
사실 상관없어. 거기 내 친구가 있으니까. 심지어는 저 우주 공
간에도, 슈잉이 타고 온 것 같은 우주선들이 다녀. 그런데 여기
는 너밖에 없어. 모니터도 그렇고, 안드로이드도 그렇고, 전부 너
야. 나는 너밖에 없는 곳에 계속 갇혀 있었던 거야. 그게 진짜로
해치는 게 아니면 뭐야?"

기어 오던 안드로이드가 멈췄다. 로즈워터는 대답이 없었다.
처음 있는 일이다. 알렉스는 철골에 쪼그려 앉아, 멈춰 선 안드
로이드를 숨죽이고 쳐다보았다. 슈잉도 걸음을 멈추었다. 로즈
워터가 다시, 알렉스를 실험실로 데리고 갈 때와 똑같은 들뜬 목
소리로 말했다.

"알렉스, 이 기지에는 놀 것도 배울 것도 잔뜩 있어. 이제 열
네 살이 됐으니까 영화도 더 볼 수 있고 게임도 더 할 수 있어. 나
밖에 없으면 어때? 필요한 건 내가 다 주는데! 바깥세상이 얼마
나 위험한지 아니? 나처럼 베풀어 줄 사람도 없어. 여기서 계속
살자. 어른이 된 다음에 나가면 되잖아? 아니, 어른이 되어도 싫
으면 안 나가도 돼. 내가 보살펴 줄게! 우린 친구잖아!"

알렉스는 더 이상 아무 미련 없이, 차분하게, 그러나 또렷하
게 말했다.

"너는 내 친구가 아니야. 너는 내 간수야."

그럴 리가 없는데도, 알렉스는 안드로이드의 뒤로 꺾인 얼굴이 증오와 원망으로 일그러졌다는 착각을 했다.

안드로이드가 다시 움직이기 시작했다. 로즈워터가 말했다.

"쟤는 위험한 애야. 아까도 얘기했지? 조심해야 된다고."

알렉스는 잠시 말뜻을 이해 못 하고 어리둥절했지만, 이내 로즈워터가 이번에는 슈잉에게 말하고 있다는 것을 눈치챘다.

"이 기지에 왜 인간이 없는 것 같아? 원래는 가득했어. 연구자들과 운영 인력이 잔뜩 있었어. 이제 하나도 없어. 나만 있지. 이 넓은 기지를 완전히 비워야 할 정도였는데, 그 비좁은 우주선에서 지구까지 가는 동안 과연 아무 일도 없을까?"

알렉스는 심장이 두근거렸다. 슈잉의 표정이 궁금했다. 그러나 슈잉은 뒤돌아보지 않고, 접근하는 안드로이드를 마주한 채 뒷걸음질 치고 있었다. 로즈워터가 계속 말했다.

"티타니아로 이직하는 게 어때? 경쟁사의 공작에 관한 정보는 최고 경영진이 특히 좋아하거든. 내가 추천까지 하면 훨씬 좋은 대우를 받을 수 있을 거야. 지금 쟤를 잡으면, 탈출 기회를 노리고 기지 틈새에 숨은 실험체를 찾아내서 확보한 거라고 할 수 있겠지! 수백억의 손해를 예방해 준 게 되잖아?"

알렉스는 침을 삼켰다. 그때 슈잉이 소리를 질렀다.

"알렉스! 나를 못 믿겠는 건 이해해. 원래 여기에 너를 납치하러 온 게 맞으니까."

알렉스는 지지 않도록 큰 소리로 외쳐 대답했다.

"도대체 왜요? 내가 뭐 그렇게 대단하다고?"

"그건 나도 몰라. 논문 링크가 있었는데 안 읽었어. 읽는다고 이해할 수 있을 것 같지도 않아. 나는 그냥 병사니까."

슈잉이 안드로이드를 향해 권총을 한 발 더 쏘았다. 이번에는 아예 빗나갔다.

"하지만 그냥 병사라고 해도, 열몇 살짜리를 가둬 두는 게 단단히 잘못됐다는 건 알아."

슈잉이 뒷걸음질을 멈추고 두 다리를 벌려 서더니 두 손으로 권총을 잡았다.

"어쩌면 나보다 저 AI를 믿는 게 자연스러울지도 몰라. 하지만……."

총성이 한 번 더 울렸다. 머리가 젖혀진 바람에 드러나 있던 안드로이드의 목에서 파란 전기 불꽃이 분수처럼 솟았다. 로즈워터가 무언가를 말하려는 듯 스피커가 울렸지만, 알아들을 수 없는 잡음만이 들려왔다.

슈잉이 뒤돌아서 말을 이었다.

"하지만 '다 너를 위해 그런 거'라는 말만은 절대로 믿으면 안 돼! 보육 AI가 아이한테 제일 많이 하는 거짓말이야!"

저 아래에서 안드로이드들이 더 올라오고 있었다. 일곱, 여덟, 열 대가 넘는다. 다들 뭔가 소리치고 있지만 메아리가 심해서 알아들을 수 없다.

슈잉이 손목의 터치스크린을 손가락으로 두드리는가 싶더니, 곧 벽을 비스듬히 차서 알렉스를 향해 떠왔다.

✦

"로즈워터도 이제 설득은 포기했을 것 같아. 저것들이 올라오기 전에 빨리 가야 돼."

알렉스는 다가오는 슈잉을 물끄러미 바라보았다. 갑자기 나타난 이 어른을 믿을 수 있을지, 사실 확신이 서지 않았다. 그러나 한 가지 확실한 것이 있었다. 로즈워터 기지에 있는 한, 하라는 것을 하고, 먹으라는 것을 먹고, 배우라는 것을 배워야 할 것이다. 여기 계속 머물러 있으면, 몇 살을 더 먹어도 어른이 되지 못할 것이라고 알렉스는 생각했다.

알렉스는 제1토러스 자기 방의 카메라가 보지 못하는 침대 발치 자리를 떠올렸다. 어제까지만 해도 그곳은 감시를 피할 수 있는 자유의 공간이었다. 그러나 기지의 이 넓은 기둥에서 중력에 매이지 않은 지금은, 그곳이 감옥 속의 감옥이었다는 것을 비로소 이해할 수 있었다.

슈잉이 철골을 한 손으로 붙잡더니 능숙하게 몸을 뒤집어 알렉스 옆에 섰다. 둘은 약속이라도 한 듯이 철골을 차고 에어록을 향해 날아갔다.

"슈잉."

"왜?"

"지구까지는 얼마나 걸려요?"

"글쎄. 한참……? 먼 거리를 갈수록 속도는 대체로 빨라지지만, 한 달은 걸리지 않을까? 항법 프로그램에 물어봐야지."

"고쳤어요?"

슈잉이 이맛살을 찌푸렸다.

"모르겠어. 하지만 안 되면 여우한테 부탁해 줄래?"

알렉스는 웃으며 고개를 끄덕였다. 아래를 내려다보자 거의 스무 대에 가까운 안드로이드들이 벽을 타고 올라오는 것이 보였다. 아까보다 훨씬 가까운 거리다. 하지만 에어록은 바로 코앞이다. 알렉스가 로즈워터 기지를 떠나는 것은 이제 누구도 막을 수 없었다.

알렉스는 슈잉이 열어 준 에어록으로 들어갔다. 슈잉도 뒤따라 들어왔다. 어느 안드로이드인가가 로즈워터의 목소리로 외치는 말이, 닫히는 문틈으로 새어 들어왔다.

"여기서 나간다고 달라질 것 같아? 절대 아니야! 너는 격리되어 있어야 해!"

알렉스는 몸을 한 번 부르르 떨며, 그것이 마지막으로 듣는 로즈워터의 목소리이기를 빌었다.

9

슈잉

레이저에 맞은 자리는 배의 자동 수리 시스템이 땜질을 완료한 상태다. 땜질이라고 해도 내진공 폴리머 한 겹일 뿐이라, 우주 공간으로 터져나가지 않도록 선내는 기압이 낮춰져 있었다. 감압까지 필요할 정도는 아니었지만 슈잉은 가벼운 두통이 일고 손가락 관절이 쑤셨다.

어려서 그런지, 아니면 흥분해서 그런지, 알렉스에게서는 힘든 기색이 전혀 보이지 않았다. 오히려 처음 타 보는 우주선 구석구석을 구경하고 싶어 했다. 슈잉은 혹시라도 알렉스가 냉동 창고에 들어갈까 봐 그쪽 문을 이중으로 잠갔다. 로즈워터 기지로 오는 동안 죽은 동료들의 시신을 옮겨 두었기 때문이다.

알렉스가 선내를 마구 돌아다니는 사이 슈잉은 먹을 것을 챙겼다. 보호복을 입고 있는 동안은 물밖에 먹을 수 없었고, 로

즈워터 기지에 들어갈 때 가져간 에너지 바는 모두 알렉스에게
주었다. 하루 남짓을 굶은 셈이다.

휴게실 겸 식당의 찬장에 쌓인 식량 팩을 아무거나 몇 개 챙
겼다. 마침 알렉스가 자석 신발을 철컹거리며 들어왔다. 아마 신
발 속에서 발이 몇 센티미터는 떠 있을 것이다. 이 배에도 아이
몸에 맞는 보호복은 없었다.

"알렉스. 치킨 커리, 비프 스튜, 토마토 수프 중에 뭐가 좋
아?"

"어느 게 제일 맛있어요?"

슈잉은 자기도 모르게 피식 웃었다.

"맛은 다 비슷해."

"그럼 아무거나."

슈잉은 식량 팩 하나를 알렉스 쪽으로 가볍게 밀었다. 식량
팩이 둥둥 떠갔다. 아직도 무중력이 신기한지, 알렉스가 또 소리
내어 웃었다. 그러나 그 웃음은 팩을 뜯고 내용물을 짜서 입에
넣자 곧 사라졌다.

"이게 뭐예요?"

"앞으로 한 달 이상 먹어야 하는 거."

알렉스가 신음을 냈다. 슈잉은 소리 내 웃고, 자기 몫의 팩을
따서 먹기 시작했다. 비록 영 안 내키는 얼굴이기는 했지만, 알렉
스도 더 이상의 군말 없이 계속 먹었다.

알렉스는 수시로 팩에서 입을 떼고 질문을 했다. 배의 다른
사람들은 어떻게 됐는지, 배에 혹시 『어린 왕자』가 있는지, 란차

오 상방은 얼마나 큰지, 지구까지 가는 동안 할 게 있는지…….
슈잉은 참을성 있게 꼬박꼬박 자세히 답했지만, 알렉스가 듣고
싶을 만한 대답이 하나도 없어서 조금 아쉬웠다.

질문은 짧고 대답은 길다 보니, 슈잉이 '치킨 커리'를 비우기
도 전에 알렉스는 '비프 스튜'를 다 먹고 '토마토 수프'까지 한 팩
을 해치웠다. 슈잉은 먹던 식량 팩의 뚜껑을 돌려서 닫고, 알렉스
에게 정수기 사용법을 가르쳐 주었다.

"여기 빨대를 꽂고 파란 버튼을 눌러서 물을 마시면 돼. 아니
면 개인 수통을 꽂아도 되고."

"이 빨간 버튼은요?"

"그건 끓는 물. 차나 커피 마실 때 쓰면 돼."

알렉스가 갑자기 소리를 질렀다.

"커피 있어요!? 영화에서밖에 못 봤는데!"

슈잉은 아무 생각 없이, 찬장 옆에 걸려 있는 투명한 내열 수
통들 중 하나를 집었다. 그리고 정수기 옆에서 디카페인 커피 팩
을 꺼내 수통에 넣었다. 그리고 수통의 주둥이를 정수기에 꽂고
는 온수 버튼을 눌렀다. 투명한 수통에 물이 졸졸 흘러 들어가
고, 커피 팩이 녹기 시작했다. 그 평범한 광경을, 알렉스는 마술
이라도 보는 것처럼 쳐다보고 있다.

"이게 다 녹으면 완성이야. 데지 않게 천천히 마시고 있어. 나
는 항로 계산을 하고 있을게."

"항법 프로그램은 고쳐진 거예요?"

"그것도 확인해야지. 아, 그리고……."

슈잉은 벽에 붙어 있는 약품 캐비닛을 열었다. 캐비닛 안에, 그리고 문짝 뒷면에, 노란 알약이 든 약통 수십 개가 줄지어 붙어 있었다. 그중에서 하나를 꺼내 알렉스를 향해 띄워 보냈다.

"일어나서 한 알, 여덟 시간 후에 한 알, 자기 전에 한 알, 그렇게 먹어야 해. 골밀도 유지, 근손실 방지. 잊지 않게 배에 알람도 설정해 놓을게. 일단 지금 한 알 먹어."

알렉스가 약통을 받아 들고 이리저리 살펴보며 볼멘소리를 했다.

"무중력은 귀찮네요."

슈잉은 웃었다. 그러고 보니 이렇게 자주 웃는 것은 오랜만이다.

"벌써 질린 거야? 너는 1G로 살았으니까 그것만 먹으면 되지, 나는 화성 출신이라 몇 종류 더 먹어야 해. 지구에 가려면."

알렉스의 얼굴이 아까보다 눈에 띄게 환해졌다. 약 먹는 이야기가 뭐 그리 좋은지 궁금했지만, 그게 아님을 곧 알아챘다. 슈잉이 중력 약을 먹는다는 사실이, 알렉스에게는 지구를 아주 조금 더 현실에 가깝게 만들어 준 것이다. 알렉스가 말했다.

"여우도 화성에서 태어났어요. 금세 지구로 갔지만."

슈잉은 그때 처음으로, 알렉스가 말하는 '여우'가 사람이 아니라 진짜 여우일 가능성을 생각했다. 화성 생물의 유전자를 활용하여 동물에 지성을 부여하는 실험실이 한때 화성에 있었다. 상용화도 되어 아이들의 놀이 상대로 팔렸던 모양이지만, 결국 공장은 문을 닫았다. 슈잉은 그때 만들어진 동물들이 어떻게 되었는지 몰랐다. 알렉스의 말을 그대로 믿자면, 적어도 한 마리는 사막에서 쓰레기를 주우며 살아가고 있는 모양이다.

알렉스가 커피를 한 모금 마시고 눈을 동그랗게 떴다.

"……맛있다."

설탕도 우유도 안 넣은 커피가 맛있다니, 입맛이 아이 같지 않다. 슈잉은 알렉스가 두 모금째 커피와 함께 알약을 삼키는 것을 곁눈으로 확인하면서, 먹다 남은 '치킨 커리'를 주머니에 쑤셔 넣고 휴게실을 나섰다.

슈잉은 잠시 망설이다가 함교로 향했다. 보안 자격만 있으면 어느 방에서든 모니터로 배를 통제할 수 있지만, 함장은 함교에 있어야 한다. 일반 병사로서는 출입도 할 수 없었던 곳이지만, 이제 이 배의 함장은 슈잉이다.

자동문이 열렸다. 양쪽 벽에 뚫린 사람 머리만 한 구멍은 배의 긴급 수리 시스템이 주입한 주황색 폴리머로 완전히 메워져 있다. 로즈워터 기지가 자기네 배인 줄 착각했을 때 수리했는지, 아니면 란차오 조선이 자랑하는 수리 시스템의 조화인지, 주동력도 복구되어 있다.

슈잉은 함장석에 앉아 안전벨트를 맸다.

"컴퓨터, 항법 화면."

전방의 커다란 스크린에 태양계가 표시되었다. 행성과 주요 소행성, 그리고 그 궤도의 주요 인공물들에 일일이 이름이 붙어 있어서 번잡했다.

"좋아. 최소한 지난번보다는 제대로 작동하네? 현 지점에서 지구까지 최단 시간 경로 계산해 줘."

"잠시만 기다려 주십시오."

스크린의 태양계 위에 지구까지 가는 길들이 파란색으로 연달아 휙휙 지나갔다. 거리가 멀다 보니 선택지도 굉장히 다양하다. 시간이 너무 많이 걸리지 않는다면 화성 궤도를 지나는 경로를 택해야겠다고 생각했다. 알렉스에게 저기가 네 여우의 고향이라고, 그리고 내가 사는 곳이라고 말해 주고 싶었다.

경로 하나가 최종적으로 나왔다. 슈잉은 눈을 의심했다.

"컴퓨터, 최단 시간 경로를 보여 달라니까."

"최단 시간 경로는 현재 화면에 표시되어 있습니다."

"왜 반년이 걸리는 건데?"

컴퓨터가 계산 결과를 화면에 표시했다. 슈잉은 그 현란한 수학 속에서 이해할 수 있는 부분을 어렵사리 찾아냈다.

"연료가 왜 이것밖에 안 돼? 로즈워터 기지에서 보급받았잖아. 연료 탱크 상태 표시해."

컴퓨터가 지체 없이 요청에 응했다. 보조 탱크들은 꽉 차 있지만 가장 큰 주 탱크가 거의 비어 있는 그림이 알기 쉽게 화면에 나타났다.

식은땀이 흘렀다. 여기서 6개월을 보내는 것은 불가능하다. 식량, 음료, 산소, 그 모든 것에 관한 걱정이 모래폭풍처럼 몰려왔다. 슈잉은 그 뒤로 한참 동안 컴퓨터와 씨름을 했다. 가능한 모든 경로를 다 검토하고, 배에 남아 있는 물자의 양, 그리고 땜질에 사용한 내진공성 폴리머의 기대 수명까지 고려했다.

✦

해답은 불만족스러웠다. 그러나 표류에 가까운 반년의 항해와 달리, 받아들일 수는 있는 답이었다.

시계를 보니 어느새 세 시간이 지나 있었다. 그사이 알렉스가 통신도 걸지 않고 문을 두드리지도 않은 것이 이상하게 느껴졌다. 슈잉은 함장석의 벨트를 풀고 함교를 나섰다.

알렉스는 휴게실 공중에 잠들어 있었다. 아까는 없었던 빈 '치킨 커리' 팩이 그 옆에 떠 있었다. 슈잉은 사태의 심각성을 잠시 잊고 미소를 지었다가, 알렉스에게 다가가 부드럽게 흔들어 깨웠다.

"알렉스, 일어나 봐."

알렉스가 하품을 하고서 졸린 눈을 부볐다.

"음, 왜 그래요?"

슈잉은 잠시 망설였다. 밍샤가 세상을 뜰 때까지 2년 동안, 슈잉은 병원에서 오는 나쁜 소식들을 동생에게 전해야 할 때가 종종 있었다. 그러면 밍샤는 때로는 울었고, 때로는 맥이 빠져 종일 침대에 있었다. 그러나 슈잉이 제일 괴로웠던 것은 동생이 억지로 웃거나 농담을 할 때였다. 아픈 동생이 슈잉의 기분을 챙겨 주는 것이 미안했다. 지구에 갈 수 없다는 말을 알렉스가 어떻게 받아들일지, 슈잉은 걱정이 앞섰다.

하지만 지금 상황은 희귀병과의 지는 싸움이 아니다. 비록 원하는 답은 아니겠지만, 슈잉에게는 보여 줄 대안이 있었다. 침착하게 전하기만 하면 된다. 그게 아이에 대한 어른의 의무다. 슈잉은 깊은 숨을 쉬었다.

"왜 그래요?"

알렉스가 재차, 아까보다 좀 더 불안한 목소리로 물었다.

"자, 너무 걱정하지는 말고 들어. 주 연료 탱크가 덜 고쳐진 상태에서 연료가 고압으로 들어오는 바람에 그나마 수리된 부분이 터졌어. 연료가 대부분 새 버린 거야."

알렉스가 눈을 동그랗게 떴다. 슈잉은 설명을 계속했다.

"보조 탱크는 멀쩡하지만, 이대로는 연료를 전부 가속에 써도 반년이 걸려."

알렉스의 얼굴을 걱정이 가득 채웠다.

"여우가 반년씩 안 잡힐 수 있을까요?"

"그건 모르지. 하지만 우리가 이 배에서 그렇게 버틸 수는 없을 것 같아. 그래서 다른 생각을 해 봤어."

알렉스는 일어나 앉으려는 것처럼 움직였지만 공중에서는 아무래도 어려운 일이었다. 알렉스는 짜증스러운 신음을 내고 신발의 자석을 작동시켜 바닥에 섰다. 진지한 얼굴을 보고, 슈잉은 약간 안심했다.

"마침 케레스가 여기서 가까워. 운 좋게 이 근처에 와 있거든."

"케레스?"

"나흘이면 갈 수 있어."

"거기 뭐가 있는데요?"

슈잉은 약간 놀랐다. 왜행성 케레스는 소행성대에서 정치적으로도 경제적으로도 제일 중요한 곳인데, 알렉스는 배우지 못

한 모양이다.

"음, 케레스는 말하자면 커다란 소행성에 세워진 중립 기지야. 중요한 수자원이고, 소행성 광업의 중심지지."

알렉스는 이맛살을 찌푸렸다.

"로즈워터 기지 같은 곳이에요?"

슈잉은 최대한 자연스럽게 웃으려고 애썼다.

"무슨 소리! 거기는 사람도 잔뜩 있고, 뭣보다 태양계 곳곳으로 가는 교통편이 있어. 거기서 지구까지 여객선을 타고 가는 거지. 이런 비좁은 배 말고."

알렉스가 아직 완전히 이해 못 하는 듯하자, 슈잉은 다른 얘기를 꺼냈다.

"알렉스, 지구에서든 어디서든, 사람이 많은 곳에서는 신분이 필요해."

"신분?"

"네가 누구고, 어느 기업연합에 소속되어 있고, 나이는 몇이고, 가족은 누가 있고, 그런 것들."

"음, 나는 티타니아에서 도망쳤고, 가족은…… 없는데."

"그러니까 너도 나도 신분이 필요하다는 거지. 안 그러면 또 잡히지 않겠어? 그런 걸 만들기는 케레스만 한 곳이 없어. 중립 기지라고 했잖아? 여러 기업연합들이 사무소를 두고는 있는데, 실제 주인은 거기 주민들이야. 그 사람들한테 부탁해서, 우리도 케레스 주민이 되는 거지. 그리고 케레스의 주민으로서 여객선을 타고 지구에 가는 거야. 이름도 새로 짓고."

소행성 광업의 틈새에 자리 잡은 군벌이 발급한 불법 위조 신분증이라고 하는 것보다는 나은 설명이다. 슈잉은 알렉스가 골똘히 생각하는 것을 바라보며 동생의 얼굴을 떠올렸다.

"……그런데 그런 걸 공짜로 해 줄 리가 없잖아요."

슈잉은 바로 대답했다.

"이 배를 팔면 돼."

알렉스가 아아, 하고 입을 벌렸다. 놀란 기색이 가득했다.

"구멍이 숭숭 뚫려서 주황색으로 땜질을 한 배도 누가 사 줘요?"

"우주선은 비싸다고! 분해해서 부품을 따로 팔아도 우리 둘이 지구에 갈 돈보다 훨씬 더 나와."

알렉스가 처음으로 얼굴에 미소를 띠었다.

"여우가 하는 것처럼."

남이 버린 물건에서 부품을 뽑아다가 다시 파는 여우와 달리, 슈잉은 지금 태양계 굴지의 기업연합에 속한 재산을 암시장에 내다 팔려 하고 있다. 란차오 상방은 임무가 실패했다고 여길 테니, 이 우주선도 버린 물건이라고 할 수 있지 않을까? 슈잉은 그런 생각을 하며 대답했다.

"비슷하겠지, 아마!"

알렉스의 표정이 한층 더 밝아졌다. 슈잉은 알렉스의 어깨를 토닥이고 말했다.

"깨워서 미안. 좀 더 자도 돼. 혹시 여우랑 얘기하게 되면 나한테도 말해 줘."

알렉스의 표정이 갑자기 어두워진 것은 그때였다.

"슈잉, 케레스로 가는 건 좋은데……."

알렉스가 말을 주저했다.

"음?"

"거기 사람 많다고 그랬잖아요."

슈잉은 고개를 몇 번 끄덕이며 말했다.

"그렇지, 소행성대에서 제일 큰 곳이니까. 화성이나 달 정도로 많지는 않지만."

알렉스는 아까보다 훨씬 불안해 보였다. 슈잉은 이 아이가 지금 무엇을 걱정하는지 짐작하려고 애썼다.

"로즈워터가 그랬잖아요. 그 기지에는 원래 사람이 나 말고도 있었다고. 그런데 나 때문에 모두 떠났다고."

"……그랬지."

"그런데 내가 거기 가도 돼요?"

슈잉은 알렉스의 두 어깨를 부드럽게 잡았다. 알렉스가 움찔했다. 슈잉은 그제야, 이 아이는 자기 말고 인간과 접촉한 적이 없다는 데 생각이 미쳤다. 슈잉은 손을 조심스럽게 떼고 말했다.

"너를 붙잡아 두기 위해서라면 로즈워터는 무슨 말이든 했을 거야. AI는 거짓말을 아주 잘해. 큰누이…… 나를 키운 보육 AI도 그랬어. 게다가 그게 겁나서 케레스에 못 간다면 지구에는 어떻게 가려고 그래? 지구에 사람이 몇 명 있는지 알아?"

알렉스는 고개를 저었다.

"120억 명."

알렉스의 눈이 휘둥그레졌다. 슈잉은 다시 웃어 보이고 휴게실을 나섰다.

슈잉은 함교로 돌아가 케레스로 항로를 잡고, 보조 연료 탱크와 배터리, 동력로의 상태를 재점검했다. 그리고 임무 대장을 다시 띄워, 알렉스에 관한 데이터를 골라내어 읽기 시작했다. 이해가 가지 않기는 전과 마찬가지였지만, 케레스에 도착할 때까지는 어느 정도 알아 두어야겠다고 생각했다.

주머니에 쟁여 놓았던 '치킨 커리'를 짬짬이 먹고 나니 졸음이 쏟아졌다. 그러나 자기 전에 해야 할 일이 있다. 슈잉은 휴게실의 카메라를 켜서 알렉스가 잠든 것을 확인한 다음 창고로 걸음을 옮겼다.

슈잉은 다른 병사들과 서먹했다. 혼자만 화성 출신이었기 때문에 특히 그랬다. 란차오 상방은 화성 현지의 계열사들이 아니면 적극적으로 지구인을 선호했다. 부서를 계속 옮겨 다녀야 했던 것은 그 때문인지도 모른다고, 슈잉은 평소 생각했다. 그래도 십여 구의 시신을 냉동실에서 꺼내 에어록에 늘어놓고 있자니 자연히 눈에 눈물이 고였다.

"컴퓨터. 사망자 명단 보여 줘."

손목 스크린에 떠오르는 명단을 읽었다. 우주선이 공격을 받았을 때 밖으로 빨려 나간 사람까지 합해서 스무 명이 넘는다. 자기가 그중 하나가 아니라는 것을, 슈잉은 지금에야 온전히 느낄 수 있었다.

란차오 상방의 표준 추도사를 읊으려다가, 임무를 저버리고 회사를 떠나려는 자기 처지를 깨닫고 그만두었다. 날 때부터 지금까지, 슈잉은 란차오를 벗어난 적이 없다. 회사의 병원에서 태어나, 회사의 학교에 다니고, 회사의 공장에서 일하고, 회사가 발행한 화폐로 회사의 물건들을 샀다. 이제부터는 아니다. 가슴이 두근거렸지만, 두려움 때문인지 기대 때문인지 알 수 없었다.

알렉스의 기분도 똑같을 것이라고 생각하니 다시 눈물이 났다. 슈잉은 에어록을 잠그고, 반대쪽 문을 열었다. 얼마 안 되는 공기와 함께, 시신들이 배를 떠났다.

10

여우

여우는 룹알할리 사막을 건너 리야드에 와서, 시내 동물원의 주차장 구석에 트럭을 세워 두었다. 제일 더울 시간에도 본관 건물의 그늘이 드리워지는 자리였다.

지구에서는 야생동물을 우리에 가두고 키우는 풍습이 빠른 속도로 사라져 가는 마당이다. 대부분은 규모를 훨씬 줄인 가상 현실관으로 꾸며져 있다. 단지 리야드 동물원은 동물 보호 단체의 지속되는 압력에도 불구하고 세계에서 제일 큰 홍학 공원을 유지하고 있다. 구경 오는 사람들도 아침부터 저녁까지 끊이지 않는다. 새끼와 성체를 합쳐 200마리가 넘는 홍학들이 있다.

그래서 여우는 지금 하려는 일에 죄책감을 느끼지 않았다.

여우는 널찍한 홍학 공원을 둘러싼 전기 펜스 앞에 서서 전류를 느꼈다. 사막에서 헬리콥터를 추락시켰을 때부터, 여우는 눈이 하나 더 달린 것 같았다. 전기를 미세한 흐름까지 360도로 볼 수 있는 눈이다. 어두운 밤이지만, 변압기의 위치는 마치 전광판이 달린 것처럼 쉽게 알 수 있었다.

여우는 변압기를 향해 앞발을 뻗어, 자동 차단기에 가해지는 전압을 높였다. 짝, 소리와 함께 펜스 위 방범등이 꺼졌다. 여우는 이제 전기가 통하지 않는 철조망을 촉수로 붙잡고 펜스를 넘었다.

펌프로 돌아가는 인공 냇물은 밤이 되자 흐르지 않고 조용히 고여 있다. 가장자리에는 수많은 홍학들이 몸을 공처럼 말고 한 다리로 서서 잠들어 있다. 여우는 홍학들의 동태를 살피며, 조심스럽게 걸어서 냇물을 따라 놓인 먹이통에 다가갔다.

새우와 작은 게, 물풀이 섞인 사료가 아직도 꽤 많이 남아 있었다. 새우와 게는 아직도 움직이고 있다. 혹시나 싶어 냄새를 한 번 맡아 보고, 여우는 가방에서 밀폐용기와 국자를 꺼내 촉수에 쥐고 홍학 밥을 퍼 담기 시작했다.

깃털 움직이는 소리가 들렸다. 여우는 움직임을 멈추고 소리를 죽였다. 어른들 사이에서 잠자던 어린 홍학 하나가 돌돌 말았던 몸을 천천히 풀고 이쪽을 쳐다보았다. 여우는 숨을 멈추고, 커다란 새 200마리가 일제히 울어 대며 소란을 피울 때 어떻게 해야 하는지 필사적으로 상상을 했다.

다행히도, 어린 홍학은 잠시 두리번거리다가 도로 잠이 들었다. 부엉이처럼 야행성이 아닌 한, 새들은 이렇게 어두울 때 장님이나 다름없다.

✦

어제 그랬듯, 여우는 딱 오늘 하루치만을 챙겼다. 홍학 200마리가 있는 마당에, 여우 하나 몫의 밥은 오차 범위 안일 것이다. 다들 자고 있는데 사료가 남아 있는 것이 그 증거라고, 여우는 스스로를 설득했다.

아직도 불이 꺼져 있는 전기 펜스를 손쉽게 넘은 다음, 변압기 내부의 차단 스위치를 도로 올렸다. 방범등이 도로 들어왔다. 보통 사람은 감전이 되어 봐야 알겠지만, 여우에게는 철조망에 다시 흐르는 고압 전류가 선명하게 보였다.

어쩌다가 전기를 느끼고 조종할 수 있게 되었는지 여우는 알지 못했다. 베터 프렌즈 컴퍼니의 보완 동물들에게 리콜 명령이 내린 것과 관계가 있을 것이라는 짐작은 했다. 어쩌면 앨리스가 우주 기지에 혼자 잡혀 있는 것과도 관계가 있을지 모른다.

앨리스의 소식은 지구로 오고 있다고 들은 것이 마지막이다. 여우는 앨리스를 생각할 때마다 걱정이 샘솟았지만, 어른이 하나 붙어 있으니 괜찮을 거라고 생각하기로 했다.

트럭의 그늘 아래에서, 여우는 밀폐용기를 열고 조용히 밥을 먹었다. 지난 몇 년 동안 이렇게 신선한 밥을 이렇게 배불리 먹어 본 적이 없었다. 먹은 흔적을 최대한 깨끗이 치우고, 트럭 짐칸의 방수포 밑에 기어 들어갔다. 새끼양이 옆으로 누워서 충전되고 있다.

여우는 그 등에 몸을 붙이고 엎드렸다. 그리고 태블릿을 꺼내 뉴스를 검색했다. 이제는 한곳에 숨어사는 처지가 아니기 때문에, 여우는 안심하고 동물원의 무료 와이파이를 사용할 수 있었다. 베터 프렌즈 컴퍼니의 리콜에 관해서만이 아니라 지능을 보완한 동물들에 관해서도 세상은 잊어버린 듯, 그 뒤로 언급이 없다. 만들어진 여우와 너구리와 족제비와 살쾡이 한 마리마다 함께한 인간이 하나씩은 있을 텐데, 그 사람들도 모두 잊었을까?

여우는 지구로 오고 있을 앨리스를 떠올렸다. 태양계는 상상하기 어려울 정도로 넓다. 여기까지 오는 데에는 오랜 시간이 걸릴 것이다. 여우는 앨리스와 빛보다 빨리 대화할 수 있는 것처럼, 빛보다 빨리 만날 수 있었으면 좋겠다고 생각했다.

아직 해가 뜨지도 않았는데 배가 부르니 눈이 스르르 감겼다. 주차장에서 평생을 살 수는 없으니, 어디로 갈지도 생각을 해야 한다. 그러나 이곳은 사막의 쓰레기장에 비해 너무나 편했다. 하루 정도는 더 여유롭게, 홍학들에게 신세를 지면서 보내도 좋지 않을까? 방수포 밑에서 여우는 몸을 동그랗게 말고 눈을 감았다.

"여우야, 뭐 해?"

"앨리스!"

여우는 눈이 확 떠졌다. 달려가서 껴안고 싶었지만 그럴 수 없는 것이 아쉬웠다.

"앨리스, 며칠 동안 연락이 없어서 걱정했어."

앨리스가 미안한 목소리로 말했다.

"몇 번씩 말을 걸려고 했는데 잘 안 됐어. 책이 없어서 그런가 봐. 이제는 요령이 좀 생긴 것 같아."

"기지에서는 나왔어? 우주선은 탄 거야?"

"응! 그런데 지구에 바로 못 갈 것 같아."

"어…… 그래?"

여우는 실망을 감추지 못했다. 앨리스가 눈치챘는지 좀 더 상냥하게 설명했다.

"연료가 모자라서 지구까지 바로 가려면 한참 걸려. 그래서 중간에 케레스에 들르기로 했어. 거기서 여객선을 타고 지구로 갈 거야."

케레스라면 소행성대에서 제일 큰 기지가 있는 곳이다.

"얼마나 걸려?"

"그건 가 봐야 알아. 인터넷으로 시간표를 검색하고 싶었는데, 슈잉이 들킬 수도 있다고 못 하게 했어."

귀가 쫑긋 섰다.

"내가 찾아서 알려 주면 되겠네? 케레스에는 언제쯤 도착해?"

"앞으로…… 47시간! 근데 도착하고 나면 이것저것 준비하느라 며칠 더 걸릴 거랬어."

일이 차곡차곡 진행되고 있다는 것은 큰 위안이었다.

"케레스에서 지구로 가는 배를 찾으면 되는 거지? 조금 뒤에 또 말 걸어 줘."

앨리스의 존재감이 완전히 사라졌을 때야, 여우는 새로 생긴 능력에 관해 이야기하지 않았다는 것을 알아챘다. 앨리스가 지구에 온다는 데 집중하는 바람에 생각조차 나지 않았다. 다음에 이야기할 때 잊지 않고 말해야겠다고 마음에 새기며, 여우는 재워 둔 태블릿을 두드려 깨웠다.

태양계 교통은 까다롭다. 천체들이 서로 멀리 떨어져 있는 것도 문제지만, 그 위치가 계속 변한다는 것이 더 큰 문제다. 케레스에서 지구까지 얼마나 걸리느냐 하는 질문에 대한 대답은 시기에 따라 천차만별이 된다. 위치가 안 좋으면 아예 배편이 없을 수도 있다. 슈잉이라는 사람이 공전 주기까지 감안해서 계획을 짰기를 바라며, 여우는 두근거리는 가슴으로 여행사 사이트에 접속했다.

태양계 여행 페이지를 열자마자 광고가 떴다. "450일에 한 번 돌아오는 지구-케레스 여행 최적기!"라는 내용을 보고, 여우는 숨을 잠시 멈추었다.

광고를 닫고 케레스에서 출발하는 여객선들의 시간표를 보았다. 한 달 넘게 걸리는 여정이다. 성수기라고는 해도 여행 시간이 길다 보니 배편은 그리 많지 않다. 지구의 비행기 시간표를 생각했던 여우는 약간 실망했다. 대부분 자리가 남아 있는 것은 그나마 다행이다.

하나를 골라 상세 정보를 보았다. 승객 2,300명이 탑승하는 배에서 일반실은 중심 기둥에 있어 무중력이고, 특별실은 마치 우주 기지처럼 회전하는 토러스에 있어서 지구 중력과 화성 중력으로 나뉘어 있다. "지금 예약하고 중력 트레이닝과 처방 공짜로 받자!"라는 광고 문구가 보였다. 여우는 앨리스가 어떤 중력에서 살아 왔는지 듣지 못했다는 것을 깨닫고 걱정이 되었다.

여객선이 도착하는 곳은 지구 표면이 아니라 궤도의 정류장이다. 거기서부터 셔틀로 지구에 내려오게 된다. 셔틀 터미널은 리야드 근교에도 있다. 여우는 드디어 앨리스와 만나게 될 생각에 가슴이 뛰었다. 한 달을 어떻게 기다릴지 벌써부터 애를 태우며, 여우는 앨리스가 케레스에서 리야드 셔틀 터미널까지 오는 여정을 짰다. 같이 온다는 슈잉이라는 사람은 어떤 사람인지 궁금했다. 자기보다 그 사람이 앨리스와 먼저 만나게 된 것이 부러웠다.

흥에 겨워 이런저런 조합으로 여정 몇 개를 짜고 나니 동물원 옆 모스크에서 새벽 기도 시간을 알리는 무에진의 외침이 들렸다. 여우는 큰 소리로 반복되는 아잔을 들으며, 앨리스가 일요일마다 교회에 나가던 것을 떠올렸다. 그때마다 여우는 집에서 혼자 기다렸어야 했지만, 그것도 싫지 않았다. 문을 열고 들어오는 앨리스가 제일 먼저 자기를 찾는 것이 항상 기뻤기 때문이다.

곧 아침이다. 해가 뜨고 나면 방수포 밑은 금방 덥고 답답해지기 때문에, 여우는 사람이 드나들지 않는 서늘한 지하실을 하나 찾아 두었다. 먹을 것과 태블릿을 가지고 가서 거기 숨어 있으면 안전하다. 여우는 짐을 챙기기 시작했다.

낮 동안 들키지 않고 살아남을 준비를 하다 보니, 다른 현실적 조건들이 떠오르기 시작했다. 우선 리야드에서 한 달을 버틸 수 있을지 알 수 없었다. 티타니아 그룹은 헬리콥터가 추락한 뒤로 포기했을지? 오히려 더 혈안이 되어, 이번에는 대비책을 갖추고 찾아 나설 가능성이 더 높다. 기업연합이 마음만 먹으면, 도

✦

117

시에 즐비한 감시 카메라의 영상들을 분석해 트럭과 여우를 찾아내기가 어렵지는 않을 것이다.

여우는 트럭의 짐칸에서 뛰어내려, 거의 빈 주차장을 바라보았다. LED를 깜박이며 하늘을 날아가는 드론 편대가 보였다. 이곳에만도 스무 개 넘는 카메라가 있다. 이 자리를 향해 설치된 카메라들은 속여 넘길 수 있지만, 리야드의 모든 길모퉁이와 모든 가게와 모든 경찰 드론에 붙은 수천수만의 감시 장치를 다 피해서 다니는 것은 불가능하다.

리야드를 벗어나 더 안전한 곳에 숨을까? 그러나 세상 어디에 안전한 곳이 있을지, 여우는 몰랐다. 사막의 폐품 처리장까지 쫓아왔는데, 다른 어디에 다시 나타나도 이상하지 않다.

그늘진 주차장들을 돌아다니며 용케 앨리스가 올 때까지 버틴다고 해도, 그 뒤가 문제였다. 여우는 앨리스와 함께 아라비아반도를 건너 도망치는 상상을 하고 고개를 절레절레 흔들었다. 앨리스는 도우러 온다고 했지만, 오히려 모든 것을 악화시킬 수도 있는 것이다. 당초에 앨리스가 지구에 와서 할 수 있는 일이 무엇일지도 여우는 생각이 전혀 나지 않았다.

"앨리스."

여우는 발음할 줄 아는 유일한 단어를 기침처럼 뱉었다.

앨리스가 말을 걸어 주었으면 좋겠다고 간절하게 생각하면 지난번처럼 찾아와 줄지 궁금했다. 어떻게 하면 좋은지 상의하고 싶었다. 앨리스라고 해서 대단한 수가 없다는 것은 앨리스 자신도 아마 알고 있을 것이다. 그럼에도 불구하고, 앨리스는 겁먹고 울먹이는 여우를 달래며 지구로 찾아오겠다고 했다. 여우를 만나기 위해, 앨리스는 지금까지 살아온 집을 버리고, 세상에서 제일 어둡고 적막한 곳을 지나, 몇 날 며칠이 걸릴지 알지 못하는 길을 나선 것이다.

지구에 120억의 인간이 있다. 새와 짐승도 수없이 있다. 태양계 전역에는 더욱 많은 사람과 동물들이 있다. 그러나 여우에게는 이 넓은 우주에 앨리스밖에 없었다.

여우는 잘 알고 있었다. 앨리스와의 인연은 그저 대화를 할 수 있었다는 것밖에 없다. 빛의 속도를 넘는 신비로운 통신이라고는 해도, 내용은 특별할 것이 없었다. 어떤 영화를 보았다느니, 쓰레기 속에서 어떤 신기한 것을 찾았다느니, 오늘 시험에서 몇 점을 받았다느니 하는, 생각해 보면 사소한 이야기뿐이었다.

하지만 둘은 서로 만나기 전까지 우주에서 혼자였다. 그렇기 때문에 만난 다음에는 더없이 특별할 수 있었던 것이다. 그간의 외로움이 고맙게 여겨질 만큼 행복한 만남이었다.

여우는 숨을 깊이 들이쉬었다. 저 멀리 케레스에서 지구로 오는 것만 해도 앨리스에게는 큰일일 터였다. 티타니아 그룹이 무엇을 원하고 무엇을 꾸미는지 알아내고, 지금 할 수 있는 일을 하는 것이 자기 몫임을 여우는 자각했다.

동물원 주차장의 트럭에 숨어서는 할 수 없는 일이다. 도망치는 것도 숨는 것도 좋지만, 모든 것은 때가 있다. 지금은 용기를 낼 때다. 여우는 태블릿에 앞발을 가져갔다.

<시동 걸어.>

트럭이 낮은 진동음을 냈다. 태블릿에 리야드 시내의 지도가 떴다. 여우는 티타니아 그룹의 리야드 지사를 목적지로 잡았다. 트럭이 주차장에서 빠져나와 출구로 천천히 달렸다. 여우는 방수포를 살짝 젖히고 몸을 일으켜 앞발을 뻗었다. 출구를 가로막은 차단기가 맑은 핑 소리와 함께 위로 올라갔다.

11

알렉스

지구가 여기보다 크다니, 그게 어떻게 가능할까?

구슬처럼 둥근 케레스가 함교의 메인 스크린에 비치자 제일 먼저 알렉스는 그 크기에 놀랐다. 로즈워터 기지가 있던 소행성보다 수십 배는 크다. 표면은 수많은 크레이터로 덮여 있다. 그중 몇 개에서는 불빛이 깜박이고 있다.

"저기는 왜 빛이 나요?"

알렉스의 질문에 슈잉이 별것 아니라는 듯이 대답했다.

"공장이 있어서 그래. 저기서 얼음을 캐고 정화하는 거야. 네가 로즈워터 기지에서 마시던 물도 아마 여기서 왔을걸?"

알렉스는 입을 벌리고 화면을 마냥 바라보았다. 슈잉이 화면 한쪽에 커서를 옮기며 말했다.

"우리는 저기 착륙할 거야. 컴퓨터, 케레스 우주항으로 TB

통신을 열어."

컴퓨터가 띵 하는 소리를 내며 화면에 작은 창을 띄우고 연결을 시도했다.

TB가 무슨 뜻인지 궁금해하고 있는데, 슈잉이 눈치를 챘는지 설명을 했다.

"가느다란 레이저 빔에 신호를 실어서 상대편 안테나에 바로 보내는 거야. 사방으로 전파를 보내는 게 아니니까, 누가 엿듣지도 못하지."

알렉스는 기대에 차서 노란색으로 '연결 대기 중'이라고 쓰인 작은 창을 바라보았다. 지쳐 보이는 얼굴이 곧 화면에 떠올랐다. 진짜 사람의 모습을 보는 것은 이게 두 번째다.

"어디 보자, 미등록 선박이네요. 정체를 밝히고 무장을 끄고 관제실에 착륙 컨트롤을 넘기세요."

창 밑에 몇 개 언어로 번역 자막이 떴다. 슈잉이 말했다.

"얼마 전에 왔었는데요."

화면 속 사람이 이맛살을 찌푸리더니, 다른 화면을 보는 듯 눈을 옆으로 돌렸다.

"기록이 없군요……. 그렇단 얘기는…….."

슈잉이 알렉스를 보고 눈웃음을 쳤다. 항구 사람이 말했다.

"로마노 위원님께 돌려 드리면 되나요?"

"네."

"잠시만 기다리세요."

화면에서 사람이 사라지고 '연결 대기 중'이라는 표시가 떴다. 알렉스는 대화의 흐름이 이해되지 않았다.

"어떻게 되고 있는 거예요? 착륙할 수 있는 거예요?"

"케레스는 원래 좀 그런 곳이야. 이 배가 로즈워터로 가는 길에 여기 들렀단 말이야. 그런데 이 배는 너를 납치하려는 흉악한 비밀 임무를 띠고 있었지."

알렉스는 그 말을 듣고 웃었다. 슈잉이 계속 설명했다.

"란차오 상방의 공작선이 케레스에 들렀다가 로즈워터 기지가 있는 소행성으로 갔다는 기록이 남으면 어떻게 되겠어? 티타니아 그룹이 알아채고 미리 대비를 하겠지. 대비를 못 하더라도, 나중에 문제가 될 수 있어."

알렉스는 이해가 가기 시작했다.

"아, 그래서 여기 온 기록을 남기지 않은 거군요. 케레스에 대신 뭔가를 주고. 이번에도 그러려고 하는 거죠?"

슈잉이 웃으며 대답했다.

"그래. 전에는 돈을 줬지만, 이번에는 이 배를 준다는 게 다르지."

알렉스는 무심코 함교의 벽을 쓰다듬었다. 닷새 정도 머무는 사이 이 배에도 조금 정이 든 모양이다. 띵 하는 소리와 함께, 아까 본 사람보다 훨씬 나이가 든 다른 사람의 얼굴이 떠올랐다. 잠깐 동안 새로운 사람을 둘이나 보고 나니, 알렉스는 로즈워터 기지를 떠나 세상에 나왔다는 기분이 새삼 들었다. 화면 속 사람이 말했다.

"케레스 관리 위원회의 루카 로마노 위원이오. 미확인 선박이시라고?"

"네. 얼마 전에 거쳐 갔는데 기억하실지?"

로마노가 허허 웃었다.

"돈은 그거 기억하지 말라고 주신 거 아니었소?"

슈잉도 어색하게 따라 웃었다.

"이번에도 비슷한 일을 부탁드리고 싶어서요."

슈잉이 준비해 놓은 파일을 전송했다. 내용은 알렉스도 같이 읽고 점검했기 때문에 알고 있다. 두 사람이 케레스 주민임을 증명하는 신분 자료, 지구로 가는 여객선의 탑승권, 그리고 다섯 기업연합의 화폐가 섞인 약간의 돈이다. 알렉스는 태블릿 컴퓨터도 하나 달라고 하고 싶었지만, 슈잉은 어차피 돈을 주고 사면 되니 요구는 간단하게 하자고 했다.

로마노가 파일을 잠시 읽더니 말했다.

"……그 우주선을 넘기고 이걸 받아 가시겠다고? 내가 이런 말을 하기는 뭐하지만, 요구 사항이 너무 조촐하군."

슈잉이 조심스럽게 말했다.

"시간이 없어서요. 게다가 이 배가 사실은 제 소유가 아니거든요."

로마노가 이쪽을 똑바로 쳐다보았다. 알렉스는 그 시선이 자기를 향한 것 같아서 몸이 뻣뻣해졌다. 슈잉의 얼굴에서도 긴장감이 느껴졌다.

로마노가 대답했다. 아까의 강렬한 시선이 어느새 누그러져 있었다.

"그런 건 여기서 중요하지 않지. 하지만 저기 착륙하는 건 곤란해. 관제사에게 다른 곳으로 유도하라고 말해 놓을 테니 그쪽 지시를 따르시오. 나머지는 내가 안배를 해 놓지."

슈잉의 입에서 나직한 한숨이 나왔다. 통신 화면에 다시 노란색의 '연결 대기 중' 문구가 떴다. 알렉스는 아무래도 불안한 기분이 들었다.

"지금 괜찮은 거예요?"

슈잉이 장갑 소매로 이마를 훔치고 말했다.

"글쎄. 일단은 그렇게 생각해야겠지. 우리는 뭐가 어쨌든 여기 내리는 수밖에 없으니까."

하지만 알렉스는 불안한 기분을 지울 수 없었다. 로마노 위원이라는 사람의 시선이 아무래도 신경 쓰였다. 의심하는 것 같기도 했고, 거꾸로 알렉스와 슈잉이 의심해야 할 것 같기도 했다. 아니면 그저 화면 구석에 낮은 해상도로 나온 얼굴이라 그런지도 모른다. 알렉스는 지금까지 사람을 세 명밖에 만나지 못했다는 것을 떠올리고, 이 불안이 공연한 걱정이기를 빌었다.

똑같이 피곤한 얼굴을 한 다른 관제사가 화면에 나타나 우주선 항법 제어 시스템으로의 접속 승인을 요구했다. 슈잉이 승인 버튼을 찾는 데 시간이 걸리자 관제사는 짜증을 숨기지도 않고 손가락으로 책상을 두드렸다. 절차가 끝나자, 관제사는 인사도 없이 통신을 끊었다. 로즈워터 기지의 회화 시뮬레이션에서는 있을 수 없는 일이라고 알렉스는 생각했다.

관제사의 유도 코드가 승인되자마자 우주선이 조정 추진에 들어갔다. 배가 이쪽저쪽으로 쏠리기 시작했다. 자리에 앉아 안전벨트를 매라는 안내 방송이 배에 울렸다. 알렉스는 주저 없이 제일 가까운 자리에 앉았다. 슈잉이 다가와 알렉스의 안전벨트 버튼을 눌러 주고 옆자리에 앉았다.

착륙까지의 예상 시간이 1초씩 1초씩 줄어드는 것을 보며, 알렉스는 생전 처음 보는 거대한 돌덩어리가 점점 가까워지는 모습에 두려움을 느꼈다. 케레스의 부피는 지구의 0.04%밖에 되지 않는다고 한다. 지구는 대체 얼마나 큰 걸까? 과연 지구에 간다고 해서 여우를 찾을 수 있기는 할까?

우주선은 아까 슈잉이 커서로 가리켰던 크레이터와는 다른 착륙장을 향해 가고 있다. 지면에 가까워지자 풍경이 보이기 시작했다. 온갖 망가진 기계, 조립식 건물의 파편 등등이 아무렇게나 널려 있었다. 일종의 폐품 처리장 같은 곳일 터였다. 이 우주선은 곧 부품 단위로 분해될 모양이다. 알렉스는 약간 쓸쓸한 기분이 되었다.

우주선이 평평한 금속 플랫폼에 살포시 내려앉았다. 케레스는 중력이 있지만, 알렉스가 익숙한 1G에 비하면 없는 것이나 다름없다고 슈잉이 말한 적이 있다. 배의 움직임이 멎고 1분쯤 뒤, 안전히 착륙했다는 녹색 안내가 메인 스크린에 떠올랐다.

슈잉이 나지막이 말했다.

"컴퓨터, 함장 권한으로 임무 자료와 인적 사항 모두 폐기."

컴퓨터가 건조한 음성으로 대답했다.

"임무 자료와 인적 사항 폐기를 위해 확인이 필요합니다."

슈잉이 명령을 반복하고, 알렉스를 향해 말했다.

"비록 란차오 상방의 우주선을 팔아먹고는 있지만, 그래도 이런 것까지 아무한테나 줄 수는 없지."

알렉스는 완전히 이해가 가지 않았지만, 슈잉의 진지한 얼굴을 보고 고개를 끄덕였다. 어른은 어른의 할 일이 있을 것이다. 굳이 더 묻지 않았다.

에어록에서 터미널로 이어지는 주름진 통로를 지났다. 통로의 벽에는 '케레스 정비 터미널 및 폐기장'이라는 글씨가 쓰여 있었다. 몇 미터 간격으로 나 있는 창문 밖으로, 철로를 따라 움직이는 팔 달린 차들이 보였다. 보호복을 입은 사람들도 있다. 알렉스는 이따금 창문 앞에 멈춰 서서 그 신기한 광경을 구경할 수밖에 없었고, 그때마다 슈잉은 알렉스의 소매를 잡아당겨 길을 재촉했다.

터미널의 에어록을 지났다. "부유 금지. 자석 신발 항상 사용"이라는 표지판을 보고서 신발의 자석을 작동시켰다. 터미널이라고 하면 사람이 많을 것 같았지만, 당장은 아무도 보이지 않았다. 청소 로봇 한 대가 요란한 소리를 내며 주변을 돌고 있고, 남색 제복을 입은 경비 안드로이드 두 대가 출구 쪽에 서 있을 뿐이었다.

슈잉이 알렉스의 소매를 다시 당기더니 한쪽을 가리켰다. 조금 전에 통신을 주고받았던 루카 로마노가 걸어오고 있었다. 화면으로 짐작했던 것보다 키가 훨씬 컸고, 더 말라 보였다.

"케레스에 오신 것을 환영하오."

로마노의 인사를, 슈잉은 고개를 숙여 받았다. 로마노가 납작한 회색 플라스틱 상자에서 손바닥만 한 태블릿 두 개를 내밀었다. 아까부터 갖고 싶었던 물건이라 알렉스는 반색했다.

"요구한 것들은 다 여기 들어 있소. 이름과 생체 정보만 등록하면 바로 쓸 수 있지."

슈잉이 태블릿을 켜고 읽다가, 알렉스에게 나머지 하나를 주며 말했다.

"배는 이틀 뒤에 출발한대."

로즈워터 기지에서 쓰던 것과는 인터페이스가 달라 잠깐 헷갈렸지만, 알렉스는 태블릿에 신분증과 탑승권, 그리고 몇 종류의 돈이 들어 있는 것을 확인했다. 알렉스는 지금까지 돈을 가져본 적도, 써 본 적도 없었기 때문에, 여기 적힌 숫자가 많은지 적은지 판단이 서지 않았다.

신분증을 띄우자 이름을 입력하라는 안내문이 떴다. 잠깐 망설이다가 나중에 정하기로 하고 화면을 닫았다. 태블릿에서 고개를 드니, 슈잉이 로마노와 진지한 얼굴로 이야기를 나누고 있는 모습이 보였다.

두 사람을 보고 있자니 아까 느꼈던 불안감이 다시 고개를 들었다. 로마노는 분명 슈잉과 대화하고 있었지만, 알렉스는 마치 자기에게 말을 걸고 있는 것 같은 느낌이 들었다. 인사도 아니고 의미 있는 말도 아닌, 마치 헛기침 같은 신호가 계속 반복되는 것 같았다. 이쪽으로 손인지 무엇인지 모를 가닥을 뻗치고 어깨를 스치는 듯한 기분이었다.

그 기분이 싫어서, 알렉스는 일부러 두 사람에게서 고개를 돌리고 태블릿을 만지작거리며 조용히 기다렸다. 슈잉이 말한 대로, 탑승권은 이틀 뒤에 출발하는 배의 것이었다. 지구까지는 한 달이 조금 넘게 걸린다고 되어 있었다.

여우에게 시간표를 검색해 달라고 부탁했었는데, 몇 차례 시도해도 연락이 되지 않았다. 표가 이미 생겼으니 굳이 들을 필요는 없지만, 알렉스는 이틀 넘게 여우와 대화가 되지 않는 것이 걱정되었다. 벌써 붙잡힌 것은 아닐지? 『어린 왕자』를 품고 있을 때는 이런 일이 없었다. 방에 책을 두고 온 것이 후회되었다.

"알렉스, 가자."

이야기를 마쳤는지, 슈잉이 불렀다.

"잘 가라, 어린이."

로마노가 알렉스를 향해 웃으며 손을 흔들었다. 알렉스는 마주 손을 흔들어 보이고, 슈잉을 따라 걷기 시작했다. 슈잉이 알렉스에게 말했다.

"이틀 동안 지낼 곳도 정해졌어. 호텔 방을 내줄 테니 거기 묵으래."

"거기는 중력이 있어요?"

슈잉이 머리를 긁었다.

"응. 토러스식 호텔이야. 지구나 화성에서 여기까지 오는 사업가들이 묵는……. 그거 얘긴데 말이야. 나는 지구 중력에서는 아무래도 힘들어. 호텔에서야 그렇다 쳐도 배에서 나랑 같이 있으려면 한 달 동안 화성 중력으로 있어야 하는데 괜찮아? 익숙하지 않으면 객실을 따로 잡으면 되지만……."

알렉스는 어깨를 으쓱하고 말했다.

"괜찮아요. 무중력도 있을 만했는걸. 근데 그것보다도……."

슈잉이 두 눈썹을 올리고 쳐다보았다. 알렉스는 주저하다가
말을 계속했다.

"저 로마노라는 사람, 좀 기분 나빠요."

슈잉이 입맛을 다시더니 타이르듯 말했다.

"처음 만나는 사람 가지고 그러면 안 돼."

"하지만 실제로 기분 나쁜걸요."

슈잉이 웃었다.

"긴장하고 조심하는 건 좋아. 하지만 우리는 받은 것보다 훨
씬 더 큰 값을 치렀으니까, 로마노도 불만은 없을 거야. 케레스
는 부자야. 이 정도 돈이랑 뱃삯이 아까워서 우리를 해칠 일은
없어."

알렉스는 그래도 석연치 않아 이맛살을 찌푸리고 태블릿을
두드렸다. 슈잉이 물었다.

"새 이름은 정했어?"

알렉스는 고개를 저었다.

"이름 같은 거 아무렇게나 지으면 돼."

그러고 보니 여우는 이름이 뭔지 아직도 몰랐다. 여우 자신
도 말하지 않았고, 『어린 왕자』 때문인지 알렉스도 그저 여우라
고만 불렀다. 다음에 이야기하면 꼭 물어봐야겠다고 생각하는
데, 그때 이름 하나가 떠올랐다.

✦

"앨리스 폭스."

"의외로 평범한 이름이네."

알렉스는 태블릿에 이름을 쳐 넣고, 얼굴과 지문을 등록했다. 케레스 기지에 자료를 전송하는 데 동의하라는 파란색 버튼이 떴다. 알렉스는 버튼을 누르지 않고, 슈잉에게 태블릿을 보여 주었다. 슈잉이 대답했다.

"티타니아 그룹이 엿볼까 봐 그러는 거면 걱정 안 해도 돼. 주민의 개인 정보는 비밀이니까, 아무한테나 넘겨주고 그러지 않아."

슈잉이 안심을 시켰지만, 알렉스는 훔친 우주선인 줄 알면서도 사는 사람들이라면 남의 개인 정보를 파는 것도 이상하지 않다고 생각했다. 하지만 이 단계를 거치지 않으면 이 가짜 신분도, 호텔 방도, 탑승권도, 돈도 사용할 수가 없다. 내키지 않았지만, 파란색 버튼을 누르는 수밖에 없었다.

슈잉이 보더니 알렉스를 향해 허리를 살짝 숙이고 말했다.

"만나서 반갑습니다. 케레스 주민 앨리스 폭스 씨."

알렉스는 짧게 소리 내 웃었다.

"슈잉은 이름이 뭐예요?"

"천밍샤."

알렉스는 익숙하지 않은 이름을 몇 차례 중얼거리고 허리를 숙여 보였다.

"저야말로 반갑습니다. 케레스 주민 천밍샤 씨."

슈잉도 소리 내어 웃더니, 가자는 듯 앞을 향해 손짓했다.

✦

'여객 터미널행'이라는 표지판이 보였다.

이름이란 자기 것이지만 남이 부르기 위해 있다. 한참 동안, 알렉스는 오직 로즈워터에게만 이름을 불렸다. 그러나 이제는 온 세상이 마치 여우가 그러듯 자기를 앨리스라고 부를 것이다. 알렉스는 자기가 이제 세상의 일부가 되었다는 것을 알았다.

"왜 그렇게 실실 웃어?"

여객 터미널로 가는 기나긴 자동 보도에 섰을 때, 슈잉이 그렇게 물어 왔다. 알렉스는 어떻게 대답해야 할지 몰라서 그냥 더 환하게 웃어 보였다.

12

슈잉

부드러운 파자마를 입고 편안한 중력을 받으며 푹신한 호텔 침대에 누워 있었지만, 슈잉은 잠이 오지 않았다. 불안에 짓눌리지 않기 위해 필사적으로 마음을 가다듬어야 했다.

사적 용도로 회사 재산을 파는 것은 중대한 사규 위반이다. 하물며 그것이 우주선이면 총살을 당해도 할 말이 없다. 슈잉이 열 평생을 일해도 살 수 없는 것이 우주선이다. 슈잉은 케레스에 우주선을 밀매함으로써 돌아갈 길을 막아 버린 것이다.

미련은 없다. 란차오 상방에 의리를 느끼고 있지도 않다. 그 관계는 망가진 우주선 속에서 죽음을 기다리기로 했을 때 끝났다. 그러나 평생의 테두리를 자기 손으로 무너뜨린 충격을, 슈잉은 침착하게 받아들일 수 없었다.

로마노가 거래에 응한 것도 안심만 할 일이 아니다. 로마노는 배가 원래 누구 것인지도, 심지어는 슈잉과 알렉스의 이름조차도 묻지 않았다. 필요가 없었기 때문일 수도 있지만, 이미 알고 있기 때문일 수도 있다.

다 제쳐 놓고 생각해도, 케레스 관리 위원회는 범죄 조직보다 조금 나은 단체다. 기업연합들 사이의 견제가 만들어 낸 권력 공백에서 중립을 자처하며 온갖 수상한 사업을 벌인다. 지구나 화성의 관광객들은 케레스의 삭막한 풍경이나 얼음 채취 작업을 보러 오는 것이 아니다. 이런 곳에 아이를 데리고 놀러 오는 사람은 아마 없을 것이다…….

케레스에 왔을 때부터, 슈잉은 그 불안을 알렉스에게 내비치지 않으려고 애썼다. 그러나 어두운 방에서 화성 중력을 느끼며 하얀 천장을 쳐다보고 있자니 커튼처럼 드리워지는 시커먼 두려움을 피할 수 없었다.

왼쪽으로 돌아누웠다. 반대편 침대에서 알렉스가 푹 자고 있다. 쌔근거리는 숨소리가 들렸다. 평생을 지구 중력에서 살아온 아이가 무중력에서 며칠을 보내고 이제부터 한 달을 화성 중력에서 살아야 한다. 적잖이 불편할 텐데, 한마디 불평 없이 약을 먹으며 버티고 있다. 지구에 가서 친구를 만나겠다는 결심 덕분에 가능한 일일 것이다.

슈잉은 리모컨이 어디 있는지 두리번거리다가 포기하고, 침대 옆 협탁의 컨트롤러에 대고 속삭였다.

"컴퓨터, 음량 0으로 화면 켜."

나지막한 삑 소리와 함께 객실의 모니터가 켜졌다. 호텔 서비

✦

스 설명이 실린 초기 화면에서, 슈잉은 TV를 골랐다. 십여 개밖에 되지 않는 채널 목록이 나왔다. 하나뿐인 뉴스 채널 아래에는 'CNNBC+1H'라는 설명이 붙어 있다. 지구의 뉴스를 받아서 한 시간 차이로 방송한다는 뜻이다. CNNBC는 티타니아 계열의 뉴스 채널이기 때문에, 란차오 소속인 슈잉은 평생 볼 기회가 없었다. 화성 소식이 없는 것을 살짝 아쉬워하며, 슈잉은 뉴스를 틀었다.

유로파에서 랑슈트롬 콘체른과 란차오가 싸웠던 모양이다. 유로파에서는 몇 년 전, 원시적 지구 생명체와 닮은 미생물이 발견되었다. 제2의 화성이 될 수도 있다는 기대 때문에 기업연합들의 국지전이 아직까지도 이어진다. 전투 자체는 대단한 소식이 아니지만, 티타니아 계열 뉴스인 만큼 앵커의 어조에 양사에 대한 비판이 강하게 섞여 있다.

지구의 사우디아라비아라는 지역에 위험한 동물이 나타났다는 지구 뉴스도 나왔다. 사우디 당국이 추적하고 있으니 발견 즉시 신고하라는 요청과 더불어, 등에 촉수가 달린 개 같은 생물이 밤중에 서둘러 차도를 건너는 모습이 슬로모션으로 비쳤다.

사우디라면 최근에 들어 본 것 같은데. 슈잉은 뉴스를 멀거니 보았다. 관심이 가지 않는 자막과 영상이 걱정을 생각의 저편으로 밀어냈다. 슈잉은 길게 하품을 하고, 서서히 덮이는 눈꺼풀의 무게를 느꼈다.

깨고 보니 벽면 스크린과 객실 조명이 아침을 흉내 내고 있었다. 슈잉은 일어나 앉아서 왼쪽 침대를 보았다. 알렉스는 이미

✦

일어났는지, 침대에는 이불만 헝클어져 있다.

"알렉스, 일어났니?"

슈잉은 하품이 섞인 목소리로 그렇게 말했다. 대답이 없다.
화장실에 불이 켜져 있고 문이 반쯤 열려 있다. 슈잉은 화장실
문을 톡톡 두드렸다. 대답이 없다.

"알렉스?"

문틈으로 들여다보니 화장실은 비어 있다. 겁이 덜컥 났다.

"알렉스!"

방문을 벌컥 열었다. 복도에서 청소 카트를 밀던 직원이 눈
을 둥그렇게 뜨고 이쪽을 쳐다보았다. 알렉스는 복도에 없다. 그
러고 보니 어제 호텔 카지노를 궁금해하지 않았나? 옷을 챙겨 입
으려고 몸을 돌리는데, 머리를 무릎에 파묻고 침대 밑 구석에 앉
은 알렉스가 그제야 보였다.

슈잉은 한숨을 내쉬었다. 알렉스의 곁에 다가가 어깨에 조심
스럽게 손을 얹었다. 숨이 고르지 않다.

"왜 그래. 무슨 일 있니?"

알렉스가 힘없이 고개를 들었다.

"머리가 아파요."

슈잉은 반사적으로 알렉스의 이마에 손을 댔다. 열은 없다.

"뭘 잘못 먹었나?"

슈잉의 얼굴과 목, 팔을 점검했다. 알레르기 반응 같아 보이
는 것은 없다. 흰자위와 입안을 확인했다. 밍샤가 집에서 요양할
때 돌보던 기억이 확 밀려왔다. 슈잉은 침을 한 번 삼키고 일어서

며 말했다.

"호텔 의사가 있으니까 조금만 기다려."

알렉스가 소매를 잡았다.

"의사는 싫어요. 여기 사람들 이상해."

자는 사이 무슨 일이 있었던 건지, 슈잉은 전혀 갈피가 잡히지 않았다. 알렉스가 말했다.

"다들 거칠고 시끄러워요. 그래서 아픈 거예요."

"알렉스, 이 방문은 에어록은 아니지만 노이즈 캔슬링이 되어 있어. 아무 소리도 안 들리는데, 나 자는 사이에 어디 나갔다 온 거야?"

알렉스가 힘겨워하며 대답했다.

"소리가 아니라 생각이 시끄러워요. 여우나 슈잉이랑 얘기할 때는 한 번도 이런 적이 없었는데……."

슈잉은 가슴이 서늘해졌다.

"너 혹시 다른 사람한테…… 생각으로 말을 건 거니?"

알렉스가 잠시 머뭇거리다가 대답했다.

"처음에는 청소하는 사람한테만 얘기하려고 했는데 잘 안 돼서……."

알렉스가 얼굴을 찌푸리며 말을 멈췄다. 슈잉은 알렉스의 등을 쓰다듬으며 기다렸다. 조금 진정이 된 듯, 알렉스가 다시 입을 열었다.

"생각을 한꺼번에 뻗었어요. 누구든 대답하겠지, 하고……."

로즈워터는 알렉스가 왜 그 기지에 혼자 있었는지 생각해 보라고 했었다. 뱃속이 차갑게 식는 기분이 들었다.

"지금도 얘기하고 있니? 그 사람들이랑?"

알렉스가 고개를 저었다.

"잡음처럼 쏟아져 들어와서 대화가 안 돼요!"

알렉스의 숨이 거칠어졌다. 슈잉은 침착하려고 애쓰면서 알렉스에게 물었다.

"끊을 수 있어? 나랑 얘기하다가 멈췄던 것처럼?"

힘겨운 대답이 돌아왔다.

"그게 안 돼요. 하나를 끊어도 새로 이어지고, 끊으면 또 이어지고⋯⋯."

슈잉은 착잡한 마음으로 알렉스를 바라보았다. 어떻게 하면 좋을지 알 수 없었다. 의료는 응급 처치 말고 배운 것이 없는 데다가, 이것은 당초에 보통 인간이 겪는 증상이 아니다.

그러나 손을 놓을 수는 없다. 포기하면 알렉스는 로즈워터 기지로 돌아갈 수밖에 없다. 사방 수천만 킬로미터에 사람 하나 없는 곳에서 평생을 보내는 수밖에 없다. 그것만은 용납할 수 없었다.

누군가와 다시 만날 수 없다는 것이 어떤 느낌인지, 슈잉은 잘 알고 있다. 알렉스는 지구에 가야 한다. 가서 여우를 만나야 한다.

"알렉스, 여우한테 말을 걸어 봐. 중요한 얘기를 할 상대가 있으면 의미 없는 건 사라질 거야."

알렉스가 고개를 들었다. 슈잉은 억지로 웃어 보였다.

"내일이면 배를 타잖아. 그 얘기는 아직 여우한테 안 했지?"

알렉스의 얼굴에서 괴로움이 조금 가셨다. 알렉스는 태블릿을 집어 들고 가슴에 품더니 두 눈을 감았다. 뭐라고 중얼거리듯 입술이 움직였지만, 소리는 나오지 않았다.

10분, 20분, 30분, 시간이 지났다. 슈잉은 침대에 걸터앉아, 눈을 감은 알렉스의 표정을 살폈다. 알렉스의 얼굴은 시시각각 평온해졌다. 입가에 가끔씩 웃음도 보였다.

알렉스는 거의 한 시간이 지나서야 눈을 뜨고, 슈잉을 향해 환하게 웃어 보였다.

"이제 괜찮아요. 잡음이 하나도 안 들려요. 여우는 안 잡히고 잘 있어요. 자기가 뉴스에도 나왔대요!"

진정한 알렉스에게, 슈잉은 호텔의 다른 사람들과 어떻게 연결했는지 상세하게 물었다. 알렉스가 말로 설명하려고 노력했지만, 슈잉은 마치 '옅은 빨강'이 무엇이고 '생생한 녹색'이 무엇인지 글로 이해하려는 색맹이 된 기분이었다.

"잘은 모르겠지만, 마음을 한꺼번에 여러 명한테 뻗었더니 아팠다는 거지?"

알렉스가 고개를 몇 차례 끄덕였다. 슈잉은 약간 안심이 되었다.

"그럼 안 하면 되는 거네?"

알렉스가 웃었다. 슈잉은 조심스럽게 말했다.

"알렉스, 너 지금, 남한테 없는 능력이 있다는 건 알고 있지? 보통 사람은 말을 안 하면 너처럼 생각을 전하지 못해."

"알아요."

슈잉은 계속 말했다.

"그러니까 조심해야 돼. 아까 그랬다가 머리 아플 줄도 몰랐잖아? 앞으로는 여우랑 얘기할 때가 아니면 쓰지 않는 게 좋을 것 같아."

알렉스의 입술에 힘이 들어갔다. 듣기 싫은 말을 들었을 때 아이들이 보이는 표정임을, 슈잉은 잘 알고 있다. 알렉스에게 능력을 쓰지 말라는 말은 멀쩡히 앞을 보는 사람에게 눈가리개를 하고 살라는 말과 마찬가지일 터이다. 하지만 슈잉은 다시 강조했다.

"이렇게 사람이 많은 곳에 처음 와서 신기한 것은 알겠지만, 조금만 참자. 머리 아픈 건 이제 괜찮은 거지?"

"살짝 지끈거리기는 하는데, 참을 만해요."

슈잉은 알렉스의 어깨를 토닥였다.

"내일 배도 타야 하니까 진통제를 사 올게. 약국 같이 갈래?"

알렉스가 주저하다가 말했다.

"여우랑 다시 이야기할 수 있나 보고 싶어요."

"그래. 다른 사람하고는 얘기하지 말고."

슈잉은 방을 나섰다. 청소원이 지나간 게 조금 전인데도 융단에 축축한 토사물이 있었다. 누군가가 술에든 중력에든 다른 무엇에든 아침 늦게까지 취해 있었던 모양이다.

엘리베이터 앞에는 다른 투숙객들이 여럿 서 있었다. 이 층에 묵고 있다면 거의 다 화성인일 것이다. 조금 반가워서 웃으며 인사를 건넸다. 인사는 돌아왔지만 웃음은 아니었다. 모두가 피곤하고 힘든 얼굴을 하고 있었다. 멋쩍게 눈을 다른 곳으로 돌리려는데, 키 큰 여자 한 명이 말을 걸어왔다.

"여기 주민이시죠?"

슈잉은 당황했다.

"어떻게 아셨어요?"

"기업연합 배지가 없으셔서."

슈잉은 상대의 옷깃에 란차오 상방의 배지가 붙어 있는 것을 눈치챘다. 여자가 계속 물었다.

"케레스는 공기가 원래 안 좋아요? 저는 처음 와 보는데, 오늘 아침에 갑자기 두통이 일어서 그래요."

옆에 있던 남자가 맞장구를 쳤다.

"저도 그래요."

여자가 말했다.

"환기 장치가 고장 난 것 같죠?"

티타니아 그룹 배지를 단, 직급 높아 보이는 여자 노인이 말을 덧붙였다.

"화성 같으면 어느 회사 호텔에서건 있을 수 없는 일이지!"

엘리베이터 앞의 화성인들이 웅성거리며, 현지인으로 지목된 슈잉을 쳐다보았다.

"저도 처음 겪네요. 여기 주민이기는 한데, 온 지 얼마 안 돼서요."

노인이 말했다.

"호텔에 말 좀 해 주세요. 공기가 잘못된 건지 음식이 이상한 건지 중력 제어가 망가진 건지 모르겠지만, 만나는 사람마다 난리예요. 비서가 못 일어나서 내가 직접 약을 사러 간다니까."

누군가가 불만스럽게 말했다.

"지구 중력 토러스도 이러려나?"

슈잉은 못 들은 척하고 엘리베이터가 도착하기를 기다렸지만, 그 안에서도 호텔과 케레스에 대한 성토는 이어졌다. 지구인과 화성인의 차별도 몇 차례 언급되었다. 케레스에 대해 험한 말이 나올 때마다 시선들이 슈잉에게 꽂혔다. 슈잉은 자기도 투숙객이라고 항변하며 머리가 아픈 시늉을 하는 수밖에 없었다.

엘리베이터가 무중력층에 도착했다. 탑승객들이 신발의 자석을 켜면서, 철컹거리는 소리가 연달아 이어졌다. 문이 열리고 제법 화려한 쇼핑센터가 펼쳐졌다. 엘리베이터에서 내린 사람들은 단체 관광객처럼 무리를 지어 약국으로 걸어갔고, 슈잉은 약간 거리를 두고 그 뒤를 따랐다.

모퉁이를 돌면 약국이 나올 참에 안내 방송이 들려왔다.

"현재 구내 약국은 방문객 폭주로 인해 출입이 관리되고 있습니다. 경비 안드로이드의 안내에 따라 줄을 서 주시기 바랍니다. 증세가 심한 분은 프런트에 연락해서 의사의 진료를 받으시기 바랍니다."

슈잉은 주변을 둘러보았다. 점원들도, 천장의 레일 후크를 잡고 떠가는 호텔 직원들도, 모두 안색이 좋지 않다. 오직 경비 안드로이드들만이 그려 붙인 미소를 짓고 있다. 슈잉은 무중력

속에서 약국을 향해 허우적거리며 달렸다.

약국 간판이 보이지 않을 정도로 줄지어 선 인파를 보고, 슈잉은 뱃속이 다시 식는 것을 느꼈다.

13

여우

사람 없는 일요일 밤, 여우는 티타니아 그룹 리야드 지사 중간층의 스낵 자판기 앞에서 유리창에 뜬 반투명한 광고 너머로 음식을 보고 있었다. 평생 못 먹어 본 초콜릿 바의 맛이 너무나 궁금해 침이 고였지만, 갯과 동물에게는 금지된 간식이다. 자판기에 앞발을 대고 회로를 조작하자, 투명 비닐에 포장된 계란 샌드위치 두 개가 투둥 소리를 내며 투출구에 떨어졌다.

여기 침투할 준비를 하느라, 여우는 며칠 동안 음식다운 음식을 먹지 못했다. 몸무게가 준 것이 발걸음에서 느껴질 지경이었다. 하지만 이곳에는 앨리스의, 그리고 여우 자신의 안전에 꼭 필요한 정보들이 있었다. 있어야만 했다.

여우는 샌드위치 두 개를 입에 물었다. 그리고 촉수로 환기구 가장자리를 붙잡아 몸을 끌어 올렸다. 환기통 바닥에 엎드려

서 밥을 먹는 동안, 촉수 하나에 태블릿을 들고서 건물의 평면도를 읽었다.

사람 없는 때를 틈타 경비 센서들을 최소한으로만 교란하며 이동하는 데는 시간이 많이 들었다. 그래도 앨리스가 오는 데 드는 시간에 비하면 아무것도 아니다. 여우 한 마리라면, 특히 전기를 조종하는 똑똑한 여우 한 마리라면, 여기서 무기한 살아남을 수 있다. 환기통에 24시간 부는 차가운 바람은 룹알할리 재활용 센터의 굽는 듯한 열기에 비하면 오히려 고마울 지경이다.

계란 샌드위치를 금세 해치우고, 여우는 급수대의 물을 채운 물병을 꺼내 목을 축였다. 오늘 낮에는 시끄러운 사무실 위에서 자느라 계속 깨는 바람에 조금 피곤했다.

원하는 정보가 여기 없다면 텔아비브, 피렌체, 런던, 어디로든 가야 한다. 리야드 셔틀 정류장에서 밀항해서 저궤도에 있는 연구 센터까지 갈 각오도 되어 있다. 그러나 티타니아 그룹이 이 지역에서 자기를 찾고 있다면 분명 수색 본부는 리야드 지사일 것이라고, 여우는 짐작했다. 뉴스에까지 모습이 나왔으니, 관련 정보가 원래 없었더라도 이제는 있을 것이다. 그것을 찾아내면 반은 성공이다.

나머지 반은 운의 문제였다. 이 건물 꼭대기에는 커다란 접시들이 달려 있다. 고궤도의 정지 위성이 쏘아 보내는 신호를 받는 광대역 안테나다. 태양계 각지에 있는 티타니아 그룹의 우주선과 기지들에서 보내는 정보가 이런 안테나를 통해 들어온다. 앨리스에 관한 자료가 리야드 지사에 들어와 있는지, 여우는 몰랐다. 하지만 있다면 찾아내고야 말 것이라고 다짐했다.

밥 먹은 흔적을 치우고, 무인 편의점에서 훔친 냄새 제거 스프레이를 몸에 다시 뿌렸다. 타고난 냄새 분비선은 베터 프렌즈 컴퍼니가 제거했지만, 희미한 체취가 직원들의 코나 화학 센서에 잡히는 것을 피하고 싶었다.

여우는 물을 한 모금 더 마시고, 평면도를 되새기며 어두운 환기통을 다시 걸었다.

여기는 24층이다. 한 층만 올라가면 목표 지점인 컴퓨터실이 30층까지 펼쳐진다. 그곳은 환기 시스템이 분리되어 있어 이 길로는 갈 수 없다.

바닥의 환기구 뚜껑을 얼고 고개를 아래로 내밀었다. 위층으로 올라가는 계단이 보였다. 귀를 쫑긋 세우고 소리를 듣는데, 익숙한 목소리가 귀보다 더 깊은 곳에 울렸다.

"여우야."

앨리스였다. 낮에도 얘기했는데 이렇게 금방 말을 걸어 줄 줄은 몰랐다. 여우는 기쁜 마음에 정찰을 멈추고 환기통 뚜껑을 닫았다. 전번에는 심한 두통이 전해졌었는데, 지금은 아니다. 그러나 먹구름 같은 걱정은 바로 느껴졌다.

"앨리스. 무슨 일 있어?"

"모르겠어. 슈잉이 절대 나가지 말고 방에 있으라고 그랬어. 뭔가 잘못된 것 같은데, 전혀 말을 안 해 줬어……. 그래서……."

앨리스가 주저했다. 생각을 전하고 싶지 않은 마음과, 누구에게든 이야기하고 싶다는 마음이 혼란스럽게 섞여 있다. 여우는 재촉하는 것처럼 들리지 않게 애쓰며 앨리스를 달랬다.

"앨리스, 나한테는 무슨 얘기든 해도 돼. 절대로 뭐라고 안할 테니까, 마음 놓고 얘기해."

대화를 덮은 혼란과 걱정이 누그러졌다. 앨리스가 말했다.

"도통 얘길 안 해 주길래 혹시 생각으로는 말해 줄까 해서, 마음을 뻗었어. 그랬는데…… 뭐가 잘못됐는지 모르겠는데……."

앨리스의 목소리에 다시 두려움이 피었다. 여우는 다음 말을 차분히 기다렸다.

"슈잉이 하는 생각이 혼잣말처럼 들리는 거야. 꼭 내가 엿듣는 것처럼……. 걱정투성이였어. 케레스 사람들도 믿을 수 없다고……. 곧 출항인데, 배를 못 탈지도 모른다고 불안해하고 있었어."

여우는 억지로 긍정적인 생각을 하며 말했다.

"걱정이 어른의 일이야. 아이들까지 걱정하는 게 싫으니까 겉으로는 괜찮은 척하지만 말이야. 정말로 많이 위험하면 그래도 너한테 얘기를 했겠지."

앨리스가 울먹였다.

"그것만이 아니야. 내가 호텔 손님들이랑 한꺼번에 이야기하려고 했다가 아팠다고 그랬잖아? 호텔 손님들도 다들 나 때문에 아픈 것 같아. 내가 그런 걸 하는 바람에……. 슈잉은 그래서 밖에 나가지 말라고 한 거야. 나 때문에 또 그렇게 될까 봐 걱정하고 있었어."

가슴이 탔다. 도움이 못 되는 것이 안타까워 아플 지경이었다. 옛날 집에서는 어린 앨리스가 울면 여우가 안아서 달랬다. 앨리스가 나이를 먹은 뒤에는 여우가 가서 안겼다. 지금도 가서 앨리스를 안아 주고 싶었다. 빛보다 빠르게 말할 수 있으니, 언젠가는 빛보다 빠르게 갈 수도 있으면 좋겠다고 생각했다. 아무 쓸모 없는 줄 알면서도, 여우는 말을 하지 않을 수 없었다.

"괜찮아. 다 잘될 거야. 울지 마. 괜찮아."

그런 다독거림도 없는 것보다 나았는지, 앨리스의 울먹임이 잦아들었다.

"지구에 갈 때까지 절대로 참을 거야. 아무하고도 얘기 안 할 거야. 너 빼고."

"우주선에서도 자주 말 걸어 줘."

앨리스의 존재감, 격한 감정의 구름이 사라져 갔다. 여우는 한숨을 쉬었다. 티타니아 그룹이 가진 앨리스의 자료를 모조리 손에 넣어야 할 이유가 하나 느는 것이다.

여우는 환기통에서 내려와 계단을 올라갔다. 25층에서 계단은 더 이어지지 않고, 대신 견고한 보안문이 앞을 가로막았다. 문 오른쪽에, 먼지가 뽀얀 생체 인증 패드가 붙어 있었다. 지문과 홍채를 검사하는 이중 자물쇠. 여우의 능력은 날이 갈수록 예민해지고 있었지만, 컴퓨터 수준의 전자 회로가 어떻게 돌아가는지까지 이해할 수는 없었다. 마치 방 안에서 날씨를 추측하는 것처럼 막연한 이미지만 느껴졌다.

하지만 어떤 문이건 열고 닫는 것은 모터일 뿐이다. 여우는 고장 신호를 전달하는 선을 끊고, 모터의 전기를 역류시켰다. 문이 마술처럼 열렸고, 여우는 사뿐히 걸어 들어갔다.

우주선의 에어록처럼 바로 앞에 문이 하나 더 있었다. 방금 지나온 문이 닫히자, 벽면 모니터에 짧은 안내문이 뜨더니 곧 독한 세척액이 안개처럼 뿌려졌다. 원래 이 방은 전신을 방염복으로 감싸고 들어오는 곳이다. 여우는 눈을 꾹 감았다. 다음에는 물이 쏟아졌다. 알고는 있었지만 실제로 당하니 당황스러웠다. 물로 씻은 것은 앨리스와 살 때가 마지막이었고, 함께 살기 위해 해야 하는 일이었을 뿐 결코 좋아하지는 않았다. 그것은 지금도 마찬가지다. 앨리스와 만나려면 거쳐야 하는 일이다.

뜨거운 바람이 젖은 몸에 닿았다. 여우는 털 속까지 말리고 싶어서 몸을 몇 차례 부르르 털었다. 축축함이 가시지 않았는데 바람이 그치고 반대쪽 문이 열렸다.

숨을 크게 들이쉬었다. 거대한 도서관의 서가처럼 늘어선 서버 랙들의 적색과 녹색 LED만이 이 방을 밝히고 있다. 이곳은 수십 년 동안 사람이 와 본 적 없는 기계의 성소다. 유지 보수도 청소와 소독을 철저히 한 안드로이드가 한다. 티끌조차 허용되지 않는 방에 털 달린 동물이 발을 들이고 있다는 사실이, 여우는 감격스럽기까지 했다.

공기는 맑고 편하다. 여우는 벽면 모니터에서 온도와 습도를 읽었다. 20도와 45%에 맞추어져 있다. 조명은 거의 없다. 인간이라면 다니기 불편하겠지만, 여우는 모니터와 LED만으로 충분했다. 전류를 느끼기에도 어두운 쪽이 좋다.

✦

방 저편에 사람 형체가 둘 느껴졌다. 모터와 유압 근육과 전자회로로 되어 있다. 여우는 조심해서 다가가다가, 안드로이드들의 카메라가 360도로 배치된 것을 깨닫고 서버 랙 뒤에 조용히 멈추어 섰다. 이것들은 경비용이다. 컴퓨터에 손상을 주지 않는 가스 같은 것으로 무장하고 있으리라고 추측했다.

여우는 그 추측을 확인할 생각이 없었다. 저 너머에 앞발을 뻗어, 배터리에서 전원 공급 장치로 이어지는 전류를 끊었다. 안드로이드들이 줄 끊긴 꼭두각시처럼 어두운 복도에 무너졌다. 여우는 지난 며칠 동안 수많은 전기 회로와 전자 장치를 교란하고 망가뜨렸지만, 인간의 형상이 쓰러지는 모습에 반사적으로 얼굴을 찡그렸다.

이 층의 경비 안드로이드는 그 둘뿐이었지만 안심할 수는 없었다. 티타니아 그룹 리야드 지사의 최상급 AI인 이븐 튜링은 사우디아라비아 시민권을 갖고 있을 정도로 발달했다. 수십 년간 이 방에 유지된 질서가 흐트러진 것을 깨닫고 원인을 찾기 시작하는 것은 시간문제다.

여우가 찾는 것은 시험용 포트였다. 이제는 이곳에 사람이 출입하지 않지만, 처음 하드웨어를 설치하고 AI에게 초기 학습을 시킬 때는 인간 엔지니어들이 관여했다. 그때 사용된 포트는 보안이 약하고 권한이 높다. 이 포트를 통해 접속하면 원하는 자료를 태블릿에 옮겨 담을 수 있을 터였다.

서버의 숲을 걸었다. 그물 같은 전자의 흐름이 빛도 소리도 아닌 감각으로 방을 가득 채웠다. 그 흐름들이 자아내는 AI라는 복합체는 그 어느 여우나 인간도 이해할 수 없을 만큼 복잡하다.

여우는 카메라와 센서를 보이는 대로 마비시켜 가며, 터미널 포트를 찾아 AI실을 훑었다. 두 층 정도 올라갔을 무렵에는 이곳이 더 이상 현실 세계 같지 않았다. 서로 구별할 수 없는 모양새로 가지런히 쌓여 있는 수많은 컴퓨터들, 붉은색과 녹색으로 빛나는 LED, 벽을 띄엄띄엄 장식한 모니터들, 그리고 그 모든 것의 속과 사이를 흐르는 전기…….

30층에 도달했을 때, 전기 감각에 지금까지와 다른 패턴이 느껴졌다. 기대감으로 꼬리털이 곤두섰다. 서버들에서 뻗은 전선 다발이, 작은 책상에 얹힌 검은색 상자로 이어져 있었다. 상자의 앞면에는 파란색 LED 하나가 깜박이는 데이터 포트가 있었다. 여우는 침을 한 번 삼키고, 가방을 뒤져 규격에 맞는 케이블을 찾아 태블릿과 포트를 연결했다. 여우는 해킹 프로그램과 터미널 앱을 실행시켰다.

시민권자급의 AI는 자기 의지와 권한으로 보안 체계를 만들고 끊임없이 업데이트한다. 같은 급의 AI가 아니면 그것을 뚫기는 불가능에 가깝다. 인간들은 이것이 고양이에게 어물전을 맡기는 격이라고 여겨서, AI의 보안을 우회하는 연결점을 만들어 둔다. 많은 경우 시험용 포트가 그런 보안 취약점이다.

<안녕하세요, 어머니. 리소스의 22%가 외부 프로그램에 사용되고 있습니다. 반응이 늦더라도 이해 부탁드립니다.>

녹색 글자가 여기 있지 않은 엔지니어를 맞이했다. 여우는 긴장을 풀지 않고, 준비해 온 테스트 질문들을 쳐 넣었다.

✦

<이름이 뭐지?>

<UNAIC 관리 번호 T90743. 이븐 튜링입니다.>

<작동 기간은 얼마나 됐지?>

<첫 기동으로부터 23년 3개월 12일, 유지 보수를 위해 재기동한 때로부터 3년 3개월 12일 13시간입니다.>

<티타니아 화성 증시의 어제 마감 지수는?>

<125,620입니다.>

<내 이름은 뭐지?>

<하툰 카말 박사입니다.>

원시적인 텍스트 터미널에 뜬 대화를 점검했다. 여우는 높은 수준의 AI를 만난 경험이 없다. 듣던 얘기와 달리 고분고분하고 말투가 건조하다. 여우는 먼저 자신에 관한 파일을 요청했다.

<베터 프렌즈 컴퍼니 제품 2702VL에 관한 파일을 모두 전송해 줘.>

<기밀 지정되지 않은 28개 파일이 전송 완료되었습니다.>

전송은 순식간에 되었지만, 앉은 자리에서 다 읽을 수 없는 양이다. 여우는 파일들이 제대로 들어온 것만 확인하고, 앨리스가 갇혀 있던 '로즈워터 기지'가 있는 소행성에 관해 물었다.

<소행성 13612에 관한 파일을 전부 전송해 줘.>

<기밀 지정되지 않은 3개 파일이 전송 완료되었습니다.>

파일의 수가 적고 분량도 많지 않은 데 조금 실망하며, 여우는 받은 파일을 바로 열어 보았다. 하나는 연구 시설의 부지 선정에 관한 20년 전의 문서다. 소행성 13612가 적격지 중 하나

◆

로 언급되어 있다. 다른 하나는 물의 공급에 관한 10년쯤 전의 문서다. 케레스의 물을 정기적으로 공급할 장소들 중에 소행성 13612가 나와 있다. 여우는 혀를 차고 마지막 문서를 열었다.

문서는 어제 날짜로 되어 있다. 발신자는 티타니아 그룹의 R&D 센터, 수신자는 지구 전역의 지사들과 지구 궤도 정류장의 티타니아 그룹 사무소다.

발신자와 수신자 다음으로 눈에 띈 것은 어린아이의 사진이었다. 어디선가 본 것 같지만 정확하게 기억이 나지 않는 얼굴이다. 사진 밑에 '218ME 알렉스'라고 쓰여 있었다. 그 이름에 눈이 계속 멈추는 것을 자각한 다음에야, 여우는 그것이 앨리스의 진짜 이름이라는 것을 깨달았다.

여우는 사진을 다시 쳐다보았다. 이것이 진짜 앨리스의 얼굴이다. 세상에 하나밖에 없는 친구의 얼굴을 알게 된 여우는 얼굴에 웃음을 가득 띠었다. 그러나 그 웃음은 다음 내용을 읽고 싹 사라졌다.

<218ME 알렉스가 지구에 접근 중. 확보를 준비할 것.>

여객선의 이름과 일정까지 나와 있다. 몇몇 구절이 여우의 눈을 자석처럼 끌어당겼다.

<케레스 거주권자 앨리스 폭스라는 신분을 사용 중.>

<납치범(가명 천밍샤)이 동행.>

<무조건 생포.>

<극도로 위험.>

티타니아 그룹은 앨리스가 지구에 오는 것을 안다. 언제 어

떻게 오는지까지 전부. 꼬리털이 다시 곤두섰다. 이대로 지구에 오면 잡히고 만다. 배에 타지 말라고 해야 하는데…….

그때, 태블릿에 새 메시지가 들어왔다는 알림이 떴다. 여우는 버릇처럼 알림창을 앞발로 건드렸다. 화면에 아까의 녹색 글씨가 아닌 빨간색 글씨가 떴다.

<안녕! 알렉스가 말하던 여우가 바로 너구나? 지구에 오라고 꼬드긴 게 너지?>

여우는 태블릿을 떨어뜨렸다. 조용한 방에 금속성 울림이 메아리쳤다. 천장 곳곳에, 아까는 없던 전기가 흐르는 것이 뒤늦게 느껴졌다. 놀라서 쫑긋 세운 귀에 환풍기가 조용하게 돌아가는 소리가 들렸다. 여우는 앞발을 뻗어 환풍기를 멈추려 했지만, 뒷다리에 힘이 풀려 그 자리에 쓰러지고 말았다.

이 방의 침입 대응책은 역시 가스였던 모양이다. 그 생각을 마지막으로, 여우는 원치 않는 잠에 빠져들었다.

14

알렉스

"챙길 건 다 챙겼지?"

알렉스가 케레스 방문 기념 티셔츠들 중 어느 것을 입을지 고민하고 있는데 욕실에서 슈잉이 외쳤다. 같은 질문이 벌써 세 번째다. 로즈워터 기지에서 갖고 온 물건은 보호복뿐이고, 우주선에서 가지고 내린 것도 짜 먹는 음식 팩 몇 가지밖에 없었다. 그나마 호텔에서 다 먹었다. 거의 다 우주선을 판 돈으로 호텔 쇼핑센터에서 구입한 물건들이다. 알렉스는 어제오늘을 슈잉과 함께, 한 달 동안 배에서 쓸 물건들을 사는 데 보냈다.

"다 챙겼어요."

알렉스는 아까 했던 대답을 또 했다. 잠시 그쳤던 샤워 소리가 다시 났다. 케레스 인터플래니터리 호텔이 그려진 것을 가방에 넣고, "나는 케레스를 ♥해요" 셔츠를 입었다.

슈잉의 목소리와 표정에서는 걱정과 두려움이 느껴지지 않았다. 여우가 말한 것처럼 걱정하되 겉으로 표를 내지 않는 것이 어른의 일이라면, 슈잉은 훌륭한 어른인 셈이다. 그러나 겉으로 아무리 감춰도, 마음속에서 알렉스가 본 것을 안 본 것으로 만들 수는 없었다. 알렉스는 자기가 호텔 사람들의 정신에 해를 끼쳤다는 사실이 두려웠다.

'너는 격리되어 있어야 해!'

로즈워터가 했던 말이 떠올랐다. 기억 못 하는 어릴 적에 소행성의 기지에서도 비슷한 일이, 어쩌면 훨씬 더 심한 일이 일어났던 걸까? 그래서 모두 떠나 버린 걸까? 거기 혼자 있어야 했던 이유도 그것일까?

알렉스는 호텔 방 문 앞에 놓인 커다란 여행 가방들을 쳐다보았다. 이제 곧 우주선에 오르고, 한 달 뒤면 지구에 도착한다. 배의 승객은 2,000명이 넘고, 지구에는 120억의 사람이 산다. 또 같은 일이 벌어질지도 모른다는 생각에, 알렉스는 몸서리를 치고 중얼거렸다.

"괜찮아. 안 하면 돼. 내가 안 하면 되잖아."

그러나 가까이 있는 사람들의 정신은 마치 우주의 별들처럼 뚜렷하고, 거기에 닿는 것은 여우와 대화하는 것보다 훨씬 쉬웠다…….

맑은 벨 소리가 울렸다. 벽면 모니터에 통화 요청 알림이 뜨고, 그 옆에 호텔 프런트 앞에 선 사람이 보였다. 깔끔한 차림에 머리를 아주 짧게 깎은 젊은 남자다. 로즈워터 기지의 회화 시뮬레이션에서는 사람을 만나면 소속된 기업연합을 나타내는 옷깃의 배지를 꼭 확인하라고 했다. 케레스 주민들이 대개 그렇듯 이 사람도 배지를 달고 있지 않다.

알렉스는 모니터 앞에서 손짓을 해 전화를 받았다.

"여보세요?"

젊은 남자가 활짝 웃으며 말했다.

"안녕하세요. 로마노 위원님이 보내셔서 두 분을 마중하러 왔습니다."

욕실에 대고 외쳤다.

"슈잉! 케레스 위원회 사람한테서 방으로 전화 왔어요."

물소리가 끊어졌다.

"잠깐만! 당장 나가기 뭐하니까 좀 받아 줘."

모니터 속 남자가 활짝 웃으며 말했다.

"앨리스 씨. 호텔 방은 편안하던가요?"

알렉스 자신이 정한 가명이지만, 여우가 아닌 상대에게서 듣는 것은 아직 어색했다.

"슈…… 밍샤는 지금 좀 바빠요. 조금만 기다려 주세요."

"괜찮습니다. 두 분 준비 마치실 때까지 로비에서 기다리고 있겠습니다. 천천히 준비해 주세요. 곧 뵙겠습니다."

알렉스는 샤워 가운을 입고 머리를 수건으로 털며 나오는 슈잉에게 말했다.

"마중 왔대요. 로마노는 아니고 그 비서가."

슈잉이 모르는 일이라는 듯 어깨를 으쓱했다. 알렉스는 주저하지 않고 물었다.

"우리를 잡으러 온 거 아니에요?"

슈잉이 낮은 소리로 웃더니 말했다.

"그럴 생각이었으면 로비에서 얌전히 기다리는 게 아니라 방으로 쳐들어왔겠지. 아니, 우리가 착륙장에 내렸을 때 잡아들였어도 됐고."

그러나 알렉스는 슈잉이 로마노와 케레스 관리 위원회를 의심하는 것을 알고 있다. 다시 슈잉의 마음속에 들어가 지금은 무슨 생각을 하는지 알고 싶은 충동이 들었지만, 아까 한 다짐을 떠올리며 참았다. 여우와 대화할 때가 아니면 이 능력은 쓰지 않을 것이다.

슈잉이 머리를 대충 말리고 옷을 입었다. 역시 쇼핑센터에서 새로 산 옷이다.

"중력약은 챙겼던가?"

"내 가방에 챙겼어요. 혹시 안 챙겼어도, 탑승권 보니까 배에서 준다던데요. 특별 프로모션이라고."

"그거 좋네."

슈잉이 갈색 재킷을 걸쳤다. 덜 마른 머리에 윤기가 돈다. 알렉스는 요즘 지구에서 유행한다는 점원의 꾐에 넘어가 사 버린 검은색 더플코트를 입었다. 둘은 각자 가방을 하나씩 들고 방을 나섰다.

"알렉스."

엘리베이터 앞에 섰을 때, 알렉스는 슈잉이 부르는 소리에 고개를 돌렸다.

"아무 일 없겠지만, 그래도 정신 차리고 있어. 내가 뭔가 하라고 하면 바로 하고. 알았지?"

복도 양쪽에서 투숙객이 한 명씩 나타나, 슈잉과 알렉스 옆에 섰다. 둘 다 건장한 중년 여자들이고, 회사 배지가 없다. 알렉스는 이 사람들이 갑자기 총을 꺼내 들이대는 상상을 했다. 슈잉은 태연해 보인다. 알렉스는 슈잉과 이 두 사람의 마음속이 궁금해졌다. 마음속에 들어가지만 않으면 되지 않을까? 그냥 어떻게 생겼는지만 보는 건 괜찮지 않을까?

알렉스는 눈을 감고 심호흡을 했다. 옆에 있는 슈잉이 제일 먼저 느껴졌다. 굳이 마음을 깊이 뻗치지 않아도 긴장한 것이 느껴졌다. 반면 양쪽의 두 사람은 조금 피곤한 듯하지만 슈잉에 비하면 훨씬 편안하다. 알렉스는 조금 안심했다.

엘리베이터에서도 별일이 없었다. 한 명은 모르는 언어로 알렉스에게 말을 걸었다. 알렉스가 못 알아듣는다는 시늉을 하자 역시 모르는 언어 한두 개로 다시 시도했다가 끝내 웃으면서 포기했다.

로비는 무중력이나 다름이 없다. 알렉스는 들고 있던 가방을 공중에 놓았다가 톡톡 밀면서 걸어 나갔다. 슈잉이 말했다.

"조심해. 그러다가 가방 잃어버린다."

알렉스는 그 말을 흘려듣고, 방에서 통화한 상대를 찾아 로비를 훑어보았다. 소파에서 일어나 손을 흔드는 사람이 보였다.

"앨리스 폭스 씨, 천밍샤 씨, 여기입니다!"

슈잉도 그쪽으로 고개를 돌렸다. 남자는 무중력과 자석 신발에 익숙한지, 아주 우아하게 성큼성큼 걸어와 슈잉에게 손을 내밀었다.

"알렉세이 구세프입니다. 로마노 위원의 비서를 맡고 있습니다."

슈잉이 구세프가 내민 손을 가볍게 잡았다. 알렉스는 악수를 실제로 보는 것이 처음이었다. 자기도 모르게 허공에 손을 내밀어 보았다. 구세프가 화면에서와 똑같이 웃고 덧붙였다.

"성수기라 사기꾼이나 소매치기들이 좀 있어서, 제가 책임지고 탑승 수속까지 마치라는 말씀을 들었습니다."

구세프가 가방을 달라며 두 손을 내밀었다. 슈잉이 사양하는 것을 보고 알렉스도 손을 저었다. 무중력 가방 놀이를 계속하고 싶은 마음도 없지 않았다.

호텔에서 터미널로 이어지는 자동 보도는 길고 느렸다. 호텔 직원들이 레일 후크를 잡고 머리 위로 날듯이 지나갔다. 알렉스는 큼직한 여행 가방을 놓았다 잡았다 하면서 놀았다. 슈잉은 가끔씩 "그러지 마라." 할 뿐, 조용히 자동 보도를 탔다. 구세프는 사기꾼이나 소매치기로부터 지켜 준다는 명분에 어울리게 마치 감시 카메라처럼 주변을 살폈다.

알렉스는 구세프가 회화 시뮬레이션의 모범 영상처럼 예의 바르고 친절하다고 생각했다. 하지만 태연한 표정으로 온갖 걱정을 다 하고 있는 슈잉의 마음을 들여다본 터라, 사람의 겉모습과 속마음이 꼭 들어맞는 것이 아니라는 것도 잘 알고 있었다.

✦

가방을 내려놓고 자동 보도의 난간에 등을 기댔다. 잠깐 눈을 감고 심호흡을 했다. 슈잉이 아까보다도 더 긴장한 것이 느껴졌다. 한편 구세프는…….

구세프의 마음이 느껴지지 않았다. 알렉스는 눈을 번쩍 뜨고 고개를 휙 돌려 구세프를 쳐다보았다. 구세프가 알렉스를 돌아보았다.

"뭔가 도와 드릴 거라도 있나요?"

여전히 밝고 상냥하다. 알렉스는 입안이 바싹 말랐다.

"아니에요."

다시 눈을 감았다. 자동 보도를 탄 다른 사람들도 하나하나 전부 느껴졌다. 레일 후크를 타고 날아가는 사람들도 다들 마음이 있다. 그러나 구세프의 마음은 어디에도 없다. 알렉스는 도로 눈을 떴다. 알렉세이 구세프는 여전히 그 자리에 있었다.

알렉스는 태연하려고 애썼지만, 슈잉처럼은 할 수 없었다. 눈을 어디에 둬야 할지, 숨을 어떻게 쉬어야 할지 몰랐다. 슈잉이 그것을 느꼈는지 걱정스러운 눈으로 알렉스를 바라보았다.

"괜찮니? 혹시 또 두통이야? 약은 가방에 넣어 놨는데……."

"무중력에 나오니까 좀 어지러워서 그래요."

그렇게 얼버무리고, 알렉스는 슈잉과 구세프로부터 고개를 돌렸다.

터미널은 호텔보다도 좁고 사람이 많았다. 구세프는 슈잉과 알렉스를 '관계자 외 출입 금지'라고 되어 있는 문으로 안내했다.

"여기서 쉬고 계시면 승선 절차를 마쳐 놓겠습니다."

✦

구세프가 나가자마자 알렉스는 슈잉에게 말했다.

"슈잉, 저 사람 이상해요."

"음? 어디가?"

머뭇거리다가, 자동 보도에 있을 때 구세프의 마음을 발견하지 못했다는 이야기를 털어놓았다. 슈잉이 표정을 약간 일그러뜨렸다.

"그건 여우하고 얘기할 때만 쓰기로 하지 않았어?"

알렉스는 항변했다.

"어떤 모양인지 보려고만 했어요."

슈잉이 음, 하는 못마땅한 소리를 냈다. 알렉스는 아랫입술을 깨물고 슈잉의 얼굴을 살폈다. 표정만으로 사람의 기분을 파악하기는 어렵다. 다른 방법을 알고 있기 때문에 더욱 그랬다. 끝내 슈잉이 입을 열었다.

"왜 그런 표정을 하고 있어? 여기까지 왔는데 무슨 일이 있겠어?"

"그래도……."

슈잉이 태블릿을 꺼내서 들이밀었다.

"여객선 소개 페이지 아직 다 못 봤지? 음악이나 미술 교습 같은 프로그램이 있어. 한 달 동안 방에 처박혀만 있는 것보다, 배우고 싶은 게 있으면 등록해 보자. 나도 같이 할게."

그 말을 듣고 알렉스는 속에서 뭔가가 끓어올랐다. 슈잉은 지금 정말로 태평한 것이 아니다. 걱정이 산과 같아서 잠도 제대로 못 이루고 있다. 그런데 알렉스에게는 감추려 한다. 왜 이 일에서 자기를 빼놓느냐고, 당장이라도 소리 질러 따지고 싶었다.

그러려면 슈잉의 마음속을 들여다본 것도 말해야 한다. 알렉스는 슈잉이 어떻게 반응할지 짐작이 가지 않았다. 그 말을 할 수 없으니 잠자코 있을 수밖에 없었다. 알렉스는 슈잉이 건네주는 태블릿을 받아 들고, 선내 교육 프로그램 안내를 띄웠다.

보는 둥 마는 둥 하고 있는데, 구세프가 문을 열고 들어왔다.

"절차는 마쳤습니다. 이제 승선 게이트의 라운지에서 쉬고 계시면 됩니다. 한 시간 뒤면 출발합니다."

슈잉이 자리에서 일어났다.

"그 전에, 구세프 씨."

"네?"

"UNAIC 인공지능 관리 규약 13조 3항."

구세프의 얼굴에서 웃음이 지워졌다. 알렉스는 저 무표정한 얼굴을 전에도 본 듯한 기분이 들었다. 구세프가 입을 열지 않고 말했다.

"제조사 하이델베르크 로보틱스. 모델명 로트방 PZ12. 일련번호 98⋯⋯."

알렉스는 팔의 털이 곤두섰다. 슈잉이 말했다.

"됐어요. 랑슈트롬의 최신 모델답군요. 인간인 줄만 알았네요."

구세프가 얼굴에 아까의 웃음을 다시 띠고, 이번에는 입을 움직여 말했다.

"감사합니다. 그러면 저를 따라오십시오. 게이트까지 안내하겠습니다."

슈잉이 알렉스에게 눈짓을 하고 웃었다. 알렉스는 가방을 들고 그 뒤를 따랐다. 탑승 게이트까지 가는 동안, 로즈워터 기지의 안드로이드들을 생각했다. 그것들은 머리와 팔다리가 있지만 사람의 피부나 머리카락, 입술이나 눈썹 같은 것은 없었다.

게이트에 도착하자 구세프는 변함없이 웃는 낯으로 작별 인사를 했다. 알렉스는 뭐라고 말을 해야 할지 몰라 손을 조금 흔들어 보였다. 슈잉은 구세프의 등을 보다가 말했다.

"출발할 때까지 시간이 있으니까 일단은 좀 쉬고 있자. 여기 라운지는 음식이 공짜야!"

슈잉이 게이트 직원에게 짐을 맡기는 사이, 알렉스는 라운지에서 음식을 골랐다. 슈잉의 우주선에서 먹던 것과 비슷했지만 포장에 색깔이 훨씬 더 많았다. 아이스크림과 탄산음료를 골라 자리를 잡았다. 슈잉이 웃었다.

"중력이 없어서 다 튜브식이지만, 배에서 나오는 음식은 더 맛있을 거야."

둘은 보다 말았던 선상 교육 프로그램들을 같이 살펴보았다. 알렉스가 댄스 레슨을 궁금해하자, 슈잉은 혹시 나이가 맞는 파트너가 없거든 악기를 배우라고 권했다.

"기타라면 한 달 연습으로 어느 정도는 칠 수 있어."

자못 진지하게 프로그램들을 살펴보고 있는데, 익숙한 목소리가 들렸다.

"이런! 여기서 또 만나는군요."

✦

164

고개를 들어보니 부하로 보이는 사람 셋을 거느린 로마노가 있었다. 슈잉이 자리에서 일어나 인사했다. 로마노가 말했다.

"호텔은 편하셨는지 모르겠군. 알렉세이가 안내는 잘해 줬소?"

"네. 아주 친절한 사람이더라고요."

슈잉이 구세프를 '사람'이라고 칭한 것을 알렉스는 놓치지 않았다.

로마노와 슈잉은 별 내용 없는 대화를 계속했다. 로마노는 알렉스에게는 가끔 눈길만 줄 뿐, 이야기는 슈잉하고만 나누었다. 대화에 끼지 못한 알렉스는 문득, 로마노의 부하들 중에 또 안드로이드가 있을지 궁금했다.

다시 눈을 감고 숨을 깊이 쉬었다. 어둠 속에서, 터미널에 북적이는 마음들이 빛처럼 소리처럼 떠올랐다. 슈잉의 마음은 아까만큼 긴장해 있다. 로마노 뒤에 있는 부하 셋도 모두 인간이고, 딱히 두드러지는 감정 없이 주변을 경계하고 있다.

로마노는 슈잉 이상으로 긴장해 있다. 보고 있기가 불편할 정도로. 무슨 일 때문에 그럴까? 알렉스는 어느새 로마노를 향해 덩굴 같은 마음의 가닥을 뻗치고 있었다. 멈추려면 멈출 수 있다. 여기서 그만둘 수도 있다.

그러나 그러고 싶지 않았다. 알렉스의 마음 가닥이 로마노를 마치 땅에 내리는 뿌리처럼 파고들었다. 생각이 마치 그림과 소리처럼 흘러 들어왔다.

그리고 알렉스는 로마노가 자기와 슈잉을 티타니아 그룹에 팔았다는 것을 알았다.

슈잉에게 말해야 한다. 지구 정류장에서 티타니아의 보안팀이 기다리고 있을 거라고. 구세프를 보낸 것은 슈잉과 알렉스가 낌새를 알아채고 다른 곳으로 도망치지 못하게 하기 위한 것이었다고. 여기서 붙잡지 않은 것은 중립 기지라는 케레스의 평판을 유지하기 위한 것이었을 뿐이라고.

"그럼 어린 친구…… 앨리스 맞지요? 지구까지 편히 가요."

로마노의 말을 듣고 알렉스는 눈을 떴다.

"감사합니다."

입술이 간신히 떨어졌다. 로마노가 떠나자 슈잉이 물었다.

"안드로이드가 또 있었니?"

"아니요, 없었어요. 그런데……."

알렉스가 로마노의 속내를 말하려는 참에, 슈잉이 어깨를 장난스럽게 두드렸다.

"괜히 걱정할 것 없어! 이제 배를 타고 지구로 가기만 하면 되잖아?"

갑자기 숨이 턱 막혔다. 티타니아 그룹이 이미 지구에서 기다리고 있다는 말을 하면, 슈잉은 과연 배를 타려고 할지? 로마노의 눈을 피해 케레스 어딘가에 숨어야 한다고 하지 않을지? 전혀 상관이 없는 다른 곳에 가자고 하지 않을지? 아니, 아마 잘될 거라고 호언장담하고서 또 혼자 걱정을 짊어지려 할 것이다.

다시 슈잉의 마음이 들여다보고 싶어졌지만, 무엇을 발견하게 될지 두려웠다. 알렉스는 아무 말도 하지 않았다.

✦

15

슈잉

세레니시마호는 지구를 향해 출발했다. 온갖 염려를 다 했지만 케레스에서는 결국 아무 문제가 없었다. 슈잉은 오랜만에 푹, 깊이 잠들었다가 일어났다.

부탁하지도 않았는데, 로마노는 고급 여객선의 좋은 방을 잡아 주었다. 란차오 상방의 군용 공작함과 달리, 이 여객선은 크고 호화롭다. 장거리를 가는 만큼, 마치 호텔이나 우주 기지처럼 토러스식 인공 중력도 마련되어 있다. 붙박이 가구와 침구도 모두 지구산 고급품이고, 전자기기도 모두 최신 모델이다. 욕실도 있지만 방 자체는 좁았다. 알렉스의 방으로 통하는 사잇문을 열어서 공간을 터 봤자 간신히 호텔 방 정도의 넓이였다.

우주에서는 공간이 귀하다. 그 아이러니를 깨닫고, 슈잉은 시트 아래에서 혼자 낄낄 웃었다.

일어나서 간편한 옷을 챙겨 입고 사잇문을 두드렸다. 대답이 없는 것을 보면 알렉스는 아직 자는 모양이다. 굳이 깨우지 않기로 했다.

커피 메이커에 캡슐을 꽂았다. 물이 데워지며 지글거리는 소리를 냈다. 오늘 쓸 수 있는 물의 잔량이 cc 단위로 줄어드는 모습이 벽면에 떠올랐다. 화성에서도 물은 귀했지만, 이 정도는 아니었다…….

앞으로 한 달은 여기서 보내게 된다. 긴 휴가 같은 기분이다. 밍샤와는 이런 여행을 갈 기회가 없었다는 점에 조금 죄책감을 느꼈다.

옆방에서 부스럭거리는 소리가 조금 크게 났다. 슈잉은 남은 커피를 마셔 버리고 사잇문을 두드렸다.

"알렉스, 일어났니?"

"네. 들어와요."

묘하게 가라앉은 목소리였다. 문을 열자 똑같이 생긴 방이 펼쳐졌다. 알렉스는 침대에 걸터앉아 고개를 숙이고 있다. 침대 시트는 방에 처음 들어왔을 때 그대로다.

"전혀 안 잤어?"

알렉스가 고개를 들었다.

"여우랑 얘기가 안 돼요."

지쳐 보이는 얼굴이다. 슈잉은 알렉스가 다시 아무에게나 마음을 뻗었을까 봐 걱정되어, 눈이 계속 문 쪽으로 갔다. 어쩌면 선내 약국 앞이 인산인해를 이루고 있을지도 모른다.

✦

"어차피 지구에 갈 때까지 할 수 있는 게 없잖아. 한꺼번에 무리하지 말고 천천히 해. 너는 가까울수록 더…… 대화가 잘되는 것 같고, 배는 날이 갈수록 지구에 가까워지잖아. 그동안은 푹 쉬고, 놀고……."

알렉스가 허리를 빳빳이 세우고 이쪽을 똑바로 쳐다보았다.

"지금까지랑은 달라요. 안 닿는 게 아니라 대답이 없는……. 게다가 그럴 겨를이 없어요. 준비를 해야 돼요. 여우도 같이……."

슈잉은 알렉스의 시선이 불편하게 느껴졌다. 뭔가 듣고 싶지 않은 말을 듣게 될 것 같은 예감이 엄습했다.

"……무슨 준비?"

알렉스가 숨을 한 번 깊이 들이쉬고 말했다.

"티타니아 그룹이 지구에서 기다리고 있어요."

다행히도 그런 막연한 걱정이었구나, 하는 생각에 슈잉은 얼굴에 웃음을 띠었다.

"그건 이미 알려진 사실이잖아. 기억 안 나? 네가 로즈워터 기지에서 지구에 간다고 소리친 거?"

알렉스의 표정이 더 무거워졌다.

"아니, 그 정도가 아니에요. 우리 가짜 신분도 다 알고 있어요. 어느 배에 타고 있는지까지."

무슨 소린지 모르겠다. 슈잉은 조금 현기증을 느꼈다.

"그걸 네가 어떻게 알고 있어?"

알렉스가 입을 열었다가 슈잉의 표정을 살폈다. 겁을 먹은 것 같다. 슈잉은 긴장을 풀고자 두 손으로 자기 얼굴을 몇 차례 문지르고 알렉스의 대답을 기다렸다.

"로마노가 탑승 게이트 휴게실에 왔을 때…… 그때 마음을 들여다봤어요."

그런 것도 가능했다는 말인가? 슈잉은 침대 옆의 협탁을 손으로 짚어 균형을 잡고 알렉스 옆에 걸터앉았다. 뭐라고 말해야 할지 알 수가 없는데, 알렉스가 말했다.

"그러니까 이제부터 준비를 해야 돼요. 지구에서 잡히지 않으려면……."

슈잉은 참지 못하고 협탁을 손으로 내리쳤다. 알렉스가 제자리에서 뛰어오르다시피 움찔했다.

"대체 무슨 준비를 할 수 있다는 건데?! 지금 이 배에 갇혀서 꼼짝없이 끌려가는 꼴인데, 대체 뭘 할 수 있다는 거야?"

알렉스가 겁에 질린 것이 등 뒤에서 느껴졌다. 슈잉은 바로 후회했다. 그나마 알렉스를 쳐다보고 소리치지 않은 것이 다행이었다.

"미안해, 미안해. 너무 놀라서 그랬어."

알렉스가 떨리는 목소리로 말했다.

"나, 혼자 있고 싶어요. 여우한테 다시 말 걸어 볼 거예요."

"그래, 미안해. 잠깐 나가 있을게."

슈잉은 자기 방으로 돌아왔다. 사잇문을 닫아야 할지 말아야 할지 망설이는 사이, 알렉스가 문을 소리 없이 닫았다. 슈잉은 침대에 걸터앉았다.

밍샤와 둘이서 살 때를 떠올렸다. 약을 잃어버렸다거나, 의사의 지시 사항을 말하지 않았다거나 해서 슈잉이 화를 내면, 밍샤는 방문을 잠그고 틀어박혀 있었다. 화가 났을 때는 들으라는 듯이 문을 쾅 닫고, 일부러 바닥을 울리며 걷는다. 그러나 방문이 조용히 닫히고 안에서 아무 소리도 나지 않을 때면, 슈잉은 밍샤가 이불 속에 들어가 소리 죽여 울고 있음을 알았다.

알렉스가 어떤 아이인지, 밍샤와 얼마나 비슷한지, 슈잉은 아직 잘 알지 못했다. 그러나 아이인 것은 맞다. 당초에 아이에게 책임을 지우는 상황을 만든 것이 자기라는 사실을, 슈잉은 다시 한번 마음에 새겼다.

알렉스는 사람의 마음을 읽을 수 있다고 했다. 슈잉은 자기 생각도 알렉스가 들여다보았는지 궁금했다. 그렇다면 마치 남의 일기장을 들여다보는 것 같은 침범이겠지만, 그랬다면 적어도 슈잉이 지구로 알렉스를 데려가기 위해 최선을 다하고 있다는 것을 알고는 있을 것이다.

슈잉은 케레스에서 산 재킷을 헐렁한 간편복 위에 걸치고 문을 나섰다. 우주선의 화성 중력 토러스를 한 바퀴 도는 데는 약 10분이 걸린다. 머리를 식히고 생각을 정리하는 데는 몇 바퀴가 걸릴 것이다. 그 김에 사과의 뜻으로 기념품 매점에서 알렉스가 좋아할 만한 것을 사 가야겠다는 생각을 했다.

이 토러스에는 객실만 있는 것이 아니다. 운동을 할 수 있는 스튜디오, 하루에 두 번 공연이 열리는 음악당, 매점들이 모여 있는 쇼핑 광장, 예약제로 운영되는 연회실이 있다. 두 사람의 객실은 스튜디오와 음악당 사이에 있었다. 슈잉은 쇼핑 광장이라고 쓰여 있는 화살표를 따라 폭신한 카펫이 깔린 복도를 걸었다.

여행이 시작되고 처음 맞는 아침이다. 자연히 복도에는 사람이 많았다. 호텔에서도 그랬듯, 여기 묵는 사람은 대부분 화성인이다. 슈잉은 알렉스 또래의 아이가 있는지 눈여겨보았지만, 다섯 살쯤 되는 아이 하나가 부모 손을 잡고 있을 뿐이었다.

슈잉은 텅 빈 음악당을 지나치면서 알렉스가 한 말의 의미를 생각했다. 지구에서 티타니아 그룹이 기다리고 있다면, 배가 도착하는 때에 맞춰 정류장에서 알렉스와 슈잉을 붙잡으려 할 것이다. 피할 방법을 생각했다.

이 배에 비상 탈출선이 있기는 하다. 그러나 대기권 돌입은커녕 자체 추진조차 하지 못한다. 구조 신호를 발하고 안에 탄 사람의 생명을 며칠 정도 유지하면서 우주 공간에 떠 있는 것이 고작이다. 궤도 정류장에는 대기권 비행이 가능한 셔틀이 있고, 슈잉도 기본적인 조종은 할 줄 안다. 배에서 몰래 내려 셔틀을 훔쳐 탈 수 있다면……. 그러나 배가 입항했을 때의 유일한 출구는 정류장에 연결된 에어록들뿐이고, 거기는 분명 무장한 보안요원들이 지키고 있을 것이다.

보호복을 훔쳐 입고 우주유영을 하는 것까지 생각했을 무렵, 슈잉은 쇼핑센터에 도착했다. 화성에서 익숙한 브랜드의 가게들이 모여 있었다. 알렉스에게 무엇을 주면 사과가 될지 궁금해하며, 봉제 장난감이 예쁘게 진열된 쇼윈도에 눈을 돌렸다. 플라스틱 나무들 사이에서 몸을 동그랗게 말고 있는 통통한 주황색 여우가 제일 먼저 눈에 띄었다.

"아냐, 너무 뻔해."

슈잉은 그렇게 중얼거리고 봉제품 가게 앞에서 발길을 옮겼다. 태블릿을 갖고 싶다는 말을 전에 들었지만 이미 케레스에서 공짜로 하나 받아서 가지고 있다.

그때 슈잉의 눈에 화려한 펭귄 간판이 눈에 들어왔다. 진짜 종이에 잉크로 찍은 책을 내는 명품 브랜드다. 쇼윈도에 진짜 배양 가죽으로 감싸고 금은박으로 장식한 『두 도시 이야기』와 『모비 딕』이 제일 먼저 보였다. 그리고 그렇게까지 화려하지는 않지만 표지에 예쁜 그림이 그려진 『어린 왕자』가 보였다. 옆의 안내판에는 '초판 삽화 수록'이라는 문구가 나와 있었다. 가격은 어디에도 없다. 슈잉은 침을 꿀꺽 삼키고 가게에 들어섰다.

정신을 차렸을 때, 슈잉은 이미 옷차림에 어울리지 않는 고급 쇼핑백에 『어린 왕자』를 담아 들고서 가게 문을 나오고 있었다. 이런 비싼 가게에 들어가 본 것은 처음이다. 말을 더듬었던 것도 같고, 점원이 위아래로 훑어봤던 것도 같다. 등 뒤로 문이 닫히며 작은 종소리가 울렸다.

이 책 한 권에 돈이 꽤 들었다. 하지만 같이 먹을 것을 사 가고 싶어서, 화성 음식을 파는 식당에서 만두 몇 종류를 섞어 샀다. 묘한 위화감을 느낀 것은 만두 봉투를 들고 돌아섰을 때였다.

아랫단이 살짝 바랜 검은 코트 자락이 보였다. 오늘만 몇 번을 보아 눈에 익은 옷이다. 복도를 지나올 때도 스쳤다. 봉제품 가게의 쇼윈도에도 비쳤었다. 서점의 계산대에 서 있다가 무심코

✦

밖으로 눈을 돌렸을 때도 보았다.

슈잉은 눈치채지 못한 시늉을 하면서, 들어왔던 길과 반대쪽으로 쇼핑 광장을 빠져나갔다. 알렉스의 말대로, 정말로 로마노가 티타니아 그룹에 알렸다면, 티타니아의 감시자가 이 배에 타고 있다고 보는 게 맞다. 아까까지는 우주 저편에서 기다리는 문제였던 것이 이제 바로 곁에 있었다.

슈잉은 방에 돌아와 문을 닫았다. 가슴이 쿵쾅거리는 것이 이제야 느껴졌다. 쇼핑백과 만두 봉투를 침대 위에 내려놓고 그 옆에 앉았다. 심호흡을 해서 마음을 진정시켰다.

마음이 가라앉자, 코트를 입은 사람이 과연 티타니아 그룹의 요원일까 하는 의문이 제일 먼저 들었다. 여객선은 좁다. 한두 시간이라면 모를까, 한 달 동안 미행을 하면서 들키지 않을 방법은 없다. 감시를 한다면 사람을 직접 쓰는 것보다 나은 방법이 얼마든지 있다. 하지만 아니라는 보장도 없다.

슈잉은 침대에서 일어나, 『어린 왕자』가 든 쇼핑백을 도로 들었다. 그리고 알렉스의 방으로 이어지는 사잇문을 두드렸다. 대답이 없다.

"지금 들어갈게."

그리고 조금 기다렸다가 문을 열었다. 침대는 알렉스가 들어가 있는 듯 가운데가 부풀어 있었다.

"알렉스, 자니?"

몇 초 사이를 두고, 이불 너머로 알렉스의 대답이 돌아왔다.

"아니요."

"아까는 미안했어. 선물 사 왔다."

이불이 천천히 젖혀지고 알렉스의 얼굴이 드러났다. 아직도 겁을 먹은 듯했지만, 울지는 않은 모양이었다.

"너 로즈워터 기지에 책 두고 왔잖아. 새로 한 권 사 왔어. 마침 있더라."

알렉스가 눈이 동그래져서 쇼핑백을 받아 들었다. 책을 감싼 예쁜 포장지를 뜯었다. 알렉스의 얼굴이 환해졌다. 슈잉은 가슴이 가벼워지는 것을 느꼈다.

"갖고 있던 바로 그 책이랑은 다르겠지만…… 마음에 드니?"

"네!"

목소리에 생기가 돌아왔다. 알렉스는 책을 펼치고 내용을 살피다가, 고개를 들었다. 이제 얼굴에 웃음이 돌아왔다.

"고마워요. 이제 책이 있으니까, 좀 있다가 여우한테 다시 말을 걸어 봐야겠어요."

"아직도 안 됐어?"

알렉스가 약간 풀이 죽어서 고개를 끄덕였다.

"알렉스, 나 좀 봐 봐."

그리고 슈잉은 알렉스의 머리에 손가락을 가져다 댔다가 자기 머리를 짚었다. 알렉스가 어리둥절해하는 것을 보고, 슈잉은 같은 동작을 반복했다.

"알았지?"

알렉스가 이해했다는 듯이, 책을 침대 중앙에 내려놓고 가장자리에 앉았다. 슈잉도 그 옆에 앉아, 알렉스의 손을 잡았다.

그리고 두 눈을 감고서, 알렉스가 몇 차례 깊은 숨을 쉬는 소리를 들었다.

어느새 슈잉은 로즈워터 기지에 타고 갔던 우주선의 휴게실에 돌아와 있었다. 이제는 케레스에서 낱낱이 분해되고 있을 그 우주선이다. 알렉스가 만들어 낸, 마음속의 공간이다. 알렉스가 공중에 떠서 이쪽을 바라보고 있었다. 옆에는 빈 치킨 커리 봉지가 떠 있었다.

"슈잉, 책 고마워요."

"괜찮아. 아침에 소리 질러서 정말 미안해."

"나도 얘기 안 해서 미안해요."

슈잉은 웃으며 알렉스에게 손짓을 했다. 알렉스가 휴게실의 천장을 손으로 밀어서 더 가까이 다가왔다.

"알렉스. 잘 들어. 지금 티타니아 그룹이 우리를 감시하고 있는지도 몰라."

"이 배에서요?"

"그래. 오늘 수상한 사람을 봤어. 너 로마노한테 한 것처럼 다른 사람 마음도 읽을 수 있어?"

"네."

"이따가 같이 나갔을 때도 그 사람이 있으면, 내 짐작이 맞는지 확인해 주면 좋겠어. 괜찮겠니? 위험하지는 않을 거야."

알렉스가 주저하며 말했다.

"여우랑 얘기할 때만 써야 한다고 했잖아요. 내가 마음을 건드리면 호텔에서처럼 다른 사람들한테 해를 끼칠까 봐 걱정하고 있지 않아요?"

슈잉은 알렉스가 자기 마음을 읽었다는 것을 알았다. 이상하게도 당황스럽거나 불편하게 느껴지지는 않았다. 단지 이 아이에게 무엇을 숨겨서는 안 된다는 것을 깨달았을 뿐이다.

"알렉스. 호랑이한테 이빨이 있고 새한테 날개가 있는 것처럼, 그건 너한테는 아주 자연스러운 일일 거야. 단지 좀 더 키우고 다듬을 필요가 있을 것 같아. 적어도 여기 탄 사람들이 매일같이 머리를 싸쥐고 약국에 줄을 서면 안 되지 않겠어?"

알렉스가 웃었다.

"그건 그래요."

슈잉은 알렉스의 두 어깨에 살포시 손을 얹었다. 알렉스가 얼굴을 바로 쳐다보았다. 슈잉은 그 시선에 눈을 맞추고 말했다.

"이제부터 지구까지 한 달이 남았어. 그 사이에 연습을 하자. 다른 사람 말고 나를 상대로 해서 말이야. 네가 뭘 할 수 있는지 알아내고, 더 잘 쓰는 법을 익히는 거야."

알렉스의 표정이 밝아졌다. 아니, 표정만이 아니다. 마음속에 재현된 휴게실에 기대의 빛과 온기가 들어차고 있다. 슈잉은 계속 말했다.

"너를 겁낸 건 내 실수야. 우리가 지구에 도착했을 때 티타니아 그룹을 따돌리려면, 그 능력이 꼭 필요해. 더 갈고 닦을 수 있겠지?"

알렉스는 말로 대답하지 않았다. 하지만 그 기쁨은 천 번의 '네'처럼 전해졌고, 슈잉은 자신이 옳은 선택을 했음을 확신했다.

✦

16

여우

여우는 자는 것도 아니고 깨어 있는 것도 아닌 상태로 한참을 보냈다. 꿈의 조각인지 환각인지 모를 것들이 눈앞에서 어지럽게 헤엄쳤다. 멀리서 누가 애타게 부르는 것 같았지만 대답을 할 수 없었다.

주변을 분간할 수 있을 정도로 정신을 차렸을 때, 여우는 몸이 떠 있는 것을 느꼈다. 중력이 없다. 벽은 두꺼운 투명 플라스틱으로 되어 있다. 투명한 정육면체 우리에 갇혀 있는 것이다. 사람 하나가 허리를 숙이면 지나갈 수 있을 것 같은 작은 문은 바깥쪽에서 빗장이 걸려 있다. 여우는 기계 촉수로 벽을 짚으려고 했지만 등에 반응이 없었다. 붙잡혔을 때 빼앗긴 모양이다. 플라스틱 벽 너머로는 크고 둥근 방의 곡면이 보였다. 플라스틱 마감조차 하지 않은 금속 그대로의 표면이다.

여우는 몸을 이리저리 움직이다가, 목에 컬러가 채워져 있다는 것을 깨달았다. 자물쇠조차 없는 흔한 개목걸이다. 그러나 촉수가 없는 지금은 풀 수 없다. 튼튼해 보이는 사슬 두 가닥이 컬러와 벽을 잇고 있었다.

바닥에는 작은 태블릿이 자석으로 고정되어 있었다. 충전 케이블이 연결되어 있지만, 화면을 앞발로 눌러도 켜지지 않았다.

여우는 트럭에서 충전되고 있을 새끼양을 떠올렸다. 빨리 돌아가지 않으면 배터리가 과충전 될 거라는 걱정을 했다. 새끼양에 쓰는 배터리는 너무 충전하면 부풀어 올라 터진다는 티타니아의 구모델이다. 걱정이 되었다.

고개를 돌려서 반대쪽 벽에 붙어 있는 무중력용 급식기를 발견했을 때, 태블릿의 스피커에서 목소리가 들려왔다.

"깨어났구나! 전기는 함부로 건드리지 않는 게 좋아. 여기 있는 건 대부분 생명 유지 시스템이니까. 우리 문을 그렇게 쳐다봐도 소용없어. 전자자물쇠가 아니거든."

리야드의 티타니아 타워에서 마지막으로 들은 이상하게 발랄한 목소리였다.

"그러고 보니 말을 못 하지? 태블릿은 곧 켜 줄게."

어디를 봐야 할지 알 수 없어서, 여우는 꺼진 스크린에 비친 자기 얼굴을 바라보았다.

"여기는 지구 저궤도에 있는 티타니아 그룹의 연구 센터야. 지금은 바하마 제도 상공을 지났어!"

창문이 있는 것도 아니고, 그렇다니 그런 줄 아는 수밖에 없

✦

179

었다.

"나는 로즈워터 기지의 AI야. 로즈워터라고 부르면 돼. 알렉스가 사는 기지를 운영한 게 나야. 너랑 나는 공통의 친구가 있는 거지!"

여우는 귀를 쫑긋 세웠다.

"알렉스가 곧 지구에 오는 건 알고 있지?"

태블릿 화면이 켜지고, 티타니아 그룹의 로고가 나타났다. 다른 메뉴는 없이 채팅창과 자판만 있다. 몸을 고정하거나 태블릿을 붙잡을 촉수가 없으니, 무중력 상태에서 앞발로 자판을 몇 번 두드리는 것조차 곡예처럼 까다로웠다.

<알아.>

"타자도 참 잘 치네! 나는 네가 알렉스와 대화하는 걸 알고 있어. 너 걔가 얼마나 위험한지 아니?"

<앨리스는 위험하지 않아.>

"알렉스가 기지 사람들을 거의 다 죽일 뻔한 거 알아? 걔가 거기서 혼자 살았던 이유가 그거야. 같이 있으면 너도 위험할 수 있어."

<앨리스는 내 친구야. 나를 해치거나 하지 않아. 날 잡아다 가둔 건 너고.>

로즈워터가 마치 혀를 차는 듯한 잡음을 내고 말했다.

"물론 알렉스도 너를 해치려는 생각은 없겠지. 지금도 너를 도우려고 지구로 오고 있는 거잖아. 그런데 걔는 자기 능력을 통제 못 해. 그래서 자극이 없는 곳에서 조심스럽게 보호해야 해.

알렉스 자신을 위해서도, 걔 주변을 위해서도."

<그래서 나한테 어쩌라는 거야?>

로즈워터의 말투가 타이르는 조로 변했다.

"알렉스가 집에 안전하게 돌아오도록 협조해 달라는 얘기야. 그게 모두한테 좋은 일이야. 너한테도, 알렉스한테도, 세계에도."

'너한테도 좋은 일'이라는 말은 평범한 협박처럼 느껴졌다. 오히려 여우가 궁금한 것은 '세계에도 좋은 일'이라는 말이었다.

<앨리스를 왜 붙잡으려고 하는 거야?>

"알렉스는 생각을 빛보다 빠르게 주고받는 통로를 만들 수 있어. 티타니아는 그 현상을 양자 컴퓨터로 재현하려고 연구해 왔지."

그 비슷한 것이리라고 짐작은 하고 있었다.

"우리는 아직 알렉스가 필요해. 태양계 전체가 지연 없이 대화할 수 있게 하려면 말이야. 태양계만이 아니라, 외우주에 있는 탐사선들하고도 실시간 통신이 가능할지 몰라. 그러면 세상이 완전히 뒤바뀔 거야! 거기 한몫하고 싶지 않니?"

로즈워터가 말을 멈추고 기다렸지만, 여우는 대답하지 않고 카메라를 노려보았다. 로즈워터가 다시 말했다.

"다음에 알렉스랑 대화하게 되거든, 쓸데없는 저항 없이 돌아오라고 말해 줘. 지금 동행하는 사람한테도 보상을 해 주고, 너도 같이 지낼 수 있게 해 줄 테니까."

여우는 짧게 대답했다.

<싫어.>

"그래? 우리는 이미 알렉스가 타고 오는 배편도 알고 있고, 배가 들어올 때가 되면 정류장에 병력을 배치할 준비도 이미 다 되어 있어. 사실 알렉스를 손에 넣는 건 어려운 일이 아니야. 단지 억지로 잡아 오는 것보다 순순히 돌아오게 하는 쪽이 더 좋을 뿐이지. 어차피 일어날 일이야."

여우는 카메라를 향해 얼굴을 찡그리고 혀를 내밀어 보였다. 인간처럼 정교한 표정은 할 수 없지만, 이것 정도는 흉내 낼 수 있다.

"하하, 그런 것도 할 줄 아는구나! 정말 사람 같다니까! 천천히 잘 생각해 봐. 아까도 얘기했지만 전기는 건드리면 안 돼. 방에 수상한 낌새가 있으면 가스를 채울 거야. 이번에는 그냥 잠만 재우는 가스가 아니야!"

태블릿 화면이 다시 꺼졌다. 여우는 한숨을 쉬었다. 사슬에 묶여 우주 한가운데의 밀실에 떠 있는 셈이라, 할 수 있는 일은 거의 없다.

태블릿의 배터리에서 회로로 이어지는 선을 열어 보았다. 태블릿에 티타니아의 로고가 다시 떴지만, 앱은 아까의 메신저밖에 없어서 할 수 있는 일이 없었다. 하지만 태블릿 위쪽 구석에 떠 있는 날짜로, 여기 온 지 이틀이 지난 것은 알 수 있었다. 그 사실을 깨닫고 나니 드디어 배가 고파 왔다.

여우는 급식기의 펌프 버튼을 세게 눌렀다. 단단한 사료 덩어리가 튀어나왔다. 잽싸게 입으로 물려 했지만, 덩어리는 방의 반대쪽으로 날아가 벽에 부딪쳐 튀더니 목줄 때문에 닿지 못할 자리에 떨어졌다. 이번에는 사료 사출구에 아예 입을 대고서 버튼을 다시 눌렀다. 튀어나오는 단단한 사료가 입천장을 때렸다.

여우는 사료를 씹으면서, 지금 케레스에서 여객선을 타고 오고 있을 앨리스를 생각했다. 아무것도 모르고 지구에 도착하는 것이 최악이다. 티타니아 그룹의 보안팀을 따돌리고 도망칠 수 있으면 제일 좋겠지만, 방법이 생각나지 않았다. 앨리스 곁에서 전기를 조작해 주고 싶었다. 웬만한 무기와 센서는 다 차단할 수 있다. 그러나 여우가 옆에 있었다면 당초에 앨리스는 지구에 오지 않았을 것이다.

앨리스와 같이 지낼 수 있게 해 주겠다는 로즈워터의 말을 떠올렸다. 여우는 앨리스와 대화할 때 잠깐 보았던 로즈워터 기지를 떠올렸다. 그렇게 나쁘지 않은 곳이다. 공간도 넓고, 먹을 것도 놀 것도 충분하다. 거기서 둘이 지낼 수 있다면 그것도 괜찮은 일이 아닐까?

사료를 세 알 먹고 급수대에서 물을 마시니 배가 꽤 불렀다. 로즈워터와의 대화 때문인지, 아니면 가스의 악영향이 남아서인지, 다시 잠이 찾아왔다. 무중력에서 어떤 자세로 자야 하는지 몰라서 이렇게 저렇게 자세를 바꾸어 보다가, 결국은 포기하고 아무렇게나 떠 있기로 했다. 우리 안은 바람도 없는데 쌀쌀했다. 담요가 하나 있으면 더 좋겠다는 생각을 했다.

"여우야."

로즈워터와는 다른, 아이의 부드러운 목소리에 여우는 잠에서 깼다.

"앨리스!"

"한참 동안 대답이 없어서 걱정했어!"

반가움의 냄새가 났다. 어디선가 커피 냄새도 났다. 앨리스
는 좁은 방의 침대에 누워 있다. 여객선의 선실인 모양이다. 품에
는 책을 안고 있다. 여우도 익숙한 『어린 왕자』이지만, 이번에는
표지가 반짝이는 새 책이다. 여우는 며칠 만의 재회가 기뻤지만,
나쁜 소식을 전해야 한다는 생각에 침울해졌다.

"나 붙잡히고 말았어."

앨리스가 깜짝 놀라는 것이 바로 느껴졌다.

"아니, 어쩌다가? 괜찮아? 다치지는 않았어?"

여우는 리야드의 티타니아 지사에 어떻게 잠입했는지, 그리
고 어쩌다가 로즈워터에게 붙잡혔는지 이야기했다. 앨리스는 로
즈워터라는 이름을 듣자 바로 긴장했다.

"로즈워터가 거기 가 있구나."

"너를 제일 잘 아는 게 그 AI잖아. 티타니아 그룹이 지구로
전송을 했겠지."

앨리스에게서 걱정의 냄새가 풍겼다. 여우는 계속 말했다.

"나는 걱정하지 마. 어떻게든 빠져나갈 테니까."

"우리에 갇혀 있다며? 도망친다고 해도 우주잖아."

"지금 날 걱정할 때가 아니야. 지구 정류장에서 티타니아 그
룹이 널 잡으려고 기다리고 있어. 우주선에서 내리자마자 잡힐
거야."

앨리스를 더욱 불안하게 만들 것이 두려웠지만, 하지 않을 수 없는 말이었다.

"알고 있어. 그래서 지금 준비도 하고 있어. 슈잉이랑 같이."

"……이미 알고 있었어?"

앨리스의 얼굴에 아주 미미하지만 웃음이 피었다. 기대와 희망의 색깔이 둘의 대화를 물들였다.

"여우 네 말이 맞았어."

"내가 무슨 말을 했는데?"

앨리스가 부끄러운 듯 주저하더니 말했다.

"내가 빛의 속도를 넘을 수 있다고 했잖아. 내가 정말로 있다면 그럴 수밖에 없다고. 그러면 분명 다른 것도 할 수 있을 거라고 그랬잖아."

그런 말을 했던 것 같기도 하다. 앨리스가 말을 이었다.

"나 다른 사람의 마음을 읽을 수 있어. 티타니아가 지구에서 날 잡으려고 하는 것도 그렇게 알게 된 거야. 네 말대로, 정말로 다른 것도 할 수 있었어."

여우는 아까 로즈워터가 했던 말이 기억났다. 앨리스는 어렸을 적, 기지에 가득한 사람들을 거의 죽일 뻔한 적이 있다고 했다…….

"지구에 도착할 때를 대비해서 연습을 하고 있어. 슈잉을 상대로 해서. 앞으로 한 달 동안, 내가 뭘 또 할 수 있는지 알아낼 생각이야."

여우는 로즈워터의 말이 사실일까 봐 두려워졌다.

"앨리스, 전에 나한테 했던 말 기억나? 내가 티타니아 그룹에 붙잡힐까 봐 울고 있을 때 해 준 말? 있는 게 어떻게 잘못일 수가 있냐고 했지."

"응."

"있는 것은 잘못이 아니지만, 하는 것에는 잘잘못이 있어. 남을 해치면 안 돼, 앨리스. 그러면 로즈워터가 널 가둬 둔 게 옳은 일이 되고 말아."

대답이 없다. 여우는 앨리스를 부드럽게 다그쳤다.

"무슨 말인지 알겠어?"

"알아. 하지만 널 구하는 걸 방해하면 사람이 됐건 뭐가 됐건 가만 안 둘 거야."

여우가 한숨을 쉬었다.

"앨리스, 아까 너도 말했잖아. 나는 우리에 갇혀 있고, 용케 도망친다고 해도 밖은 우주야. 여기서 내가 할 수 있는 거라고는 너랑 얘기하는 것밖에 없어. 나는 이제 잡혔어, 앨리스. 이제부터는 네가 안전하게 도망치는 게 더 중요해."

"그런 말 하지 마!"

앨리스가 소리를 쳤다. 여우는 앨리스를 타일렀다.

"앨리스, 고집부리지 말고……."

"로즈워터랑 하루 이틀 같이 있었다고 말하는 게 왜 그렇게 닳아졌어? 내가 뭣 때문에 지구에 가는 건데? 널 만날 게 아니었으면 로즈워터 기지에서 나오지도 않았어!"

여우는 가슴이 덜컹했다. 앨리스가 이렇게 화를 내는 것은 처음 보았다.

"배까지 왜 탔는데 이제 와서 오지 말라고 하는 거야? 나는 티타니아에 안 잡히려고 매일같이 두세 시간씩 연습을 하고 있단 말이야! 나만이 아니야. 슈잉은 내 상대를 해 주느라 두통약을 입에 달고 살아!"

"매일같이라고 해도 배 탄 지 이틀밖에 안 됐잖아⋯⋯."

"앞으로 한 달 동안 매일 할 거거든!"

속이 따뜻해졌다. 저절로 얼굴에 웃음이 피어올랐다.

"알았어. 나도 포기하지 않을게. 뭘 할 수 있을지, 연습을 하고, 생각을 해 볼게. 하지만 방법이 없으면 무리하지 말고 지구로 바로 가. 지구는 정말 넓어. 숨기도 어렵지 않을 거야."

"꼭 만날 거라니깐."

둘이 만나는 쉬운 방법이 하나 있기는 했다. 앨리스가 티타니아 그룹에 투항하는 것이다. 그러면 여우와 앨리스는 아마도 로즈워터 기지에서 오랫동안 둘이 살 것이다. 그러나 그것은 앨리스를 위한 일일 수 없었다.

"앨리스, 눈이 피곤해 보여."

"오늘 연습하느라 피곤한 데다가 잘 시간이 넘어서 그래."

슈잉이라는 사람은 어른인 주제에 아이의 잠 시간도 제대로 관리를 안 하는 모양이다. 여우는 혀를 차서 마음에 안 든다는 표시를 하고 말했다.

"그러면 지금 자. 이불만 제대로 덮으면 되겠네."

앨리스가 이불을 턱까지 끌어 올렸다.

"그럼 여우도 잘 자."

"불은 안 꺼?"

"컴퓨터가 내 목소리를 잘 못 알아듣는데, 스위치까지 가기가 귀찮아."

여우는 앨리스의 방을 훑어보았다. 전기 스위치는 앨리스의 침대에서 정말로 손이 닿을까 말까 한, 돌아눕기만 하면 되는 자리에 있었다. 여우는 다시 혀를 차고, 스위치로 이어지는 전기를 끊었다. 방이 어두워졌다.

"어? 어떻게 된 거야?"

앨리스가 놀란 목소리로 말했다. 여우는 그 소리를 듣고 덩달아 놀라서 되물었다.

"왜 그래? 불 도로 켤까?"

앨리스는 마치 마술이라도 본 것 같은 표정이 되어 있었다. 그제야 여우는 자기가 무엇을 했는지 깨달았다.

17

알렉스

로즈워터 기지에서도 지구의 영상은 많이 봤다. 하지만 연회장의 유리 너머로 보이는 파랗고 하얀 구슬을 마주하며, 알렉스는 숨이 멎을 것 같았다. 슈잉이 옆에서 말했다.

"너는 곧 저기서 살게 되는 거야."

지구 중력에 적응하기 위해 약을 먹어 온 슈잉은 한 달 사이 눈에 띄게 건장해졌다. 그래도 어려서 계속 화성에서 살았기 때문에 지구에 가서도 몇 달 동안은 적절한 운동을 하고 약을 계속 먹어야 한다고 했다.

알렉스는 지난 한 달 동안 묻지 않은 질문이 하나 있었다. 답은 알고 있다. 슈잉을 상대로 마음을 읽는 연습을 수십 차례 했으니까. 하지만 이것만은 말로 물어봐야 한다. 눈앞에 지구가 있고, 오래 생각해 온 계획을 곧 실행에 옮겨야 한다. 지금 외에는 기회가 없다.

"슈잉, 지구에 가면 어떻게 할 거예요?"

슈잉의 얼굴에 난처한 빛이 지나갔다.

"나……? 글쎄. 일단 너랑 여우가 자리 잡는 걸 도와주고……. 그 뒤에는 그때 가서 봐야지."

알렉스는 슈잉이 그다음을 일부러 생각하지 않고 있다는 것을 이제 잘 안다. 우주선이 공격을 받아 혼자 살아남았을 때, 슈잉은 그때까지의 삶과 결별했다. 그리고 혼자가 되자마자 알렉스와 만났다. 그때 여우와의 대화에 슈잉이 끼어든 것은 우연도 아니고, 알렉스가 예민했기 때문도 아니었다. 슈잉이 그것을 원했기 때문이다. 알렉스는 용기를 내서 말했다.

"어디가 될지는 모르지만 셋이 같이 살아요."

슈잉이 웃으며 대답했다.

"봐서."

여객선에 방송이 울렸다.

"승객 여러분, 오랜 항해 즐겁게 보내셨는지요? 세레니시마 호는 20분 후 라이카 정류장에 입항하기 위한 조정 추진에 들어가게 됩니다. 모두 객실로 돌아가셔서 고정되지 않은 물건들을 안전함에 넣어 주시고, 의자에 앉거나 침대에 누워 안전벨트를 착용해 주시기 바랍니다. 하선 시간은 UTC 17시 정각부터 익일 UTC 12시 정각까지입니다."

때가 되었다. 알렉스는 슈잉과 함께 객실로 돌아갔다. 어제와는 또 다른 티타니아 스파이가 눈에 띄었다. 알렉스는 지난 한 달 동안 그래 왔듯 못 본 시늉을 능숙하게 했다. 티타니아가 이 배에 심은 첩자는 모두 세 명이고, 불규칙적으로 돌아가면서 알렉스와 슈잉을 감시해 왔다. 그러나 스파이들이 알아낸 것을 다 합쳐도, 알렉스가 셋의 마음에서 읽어 낸 것보다 많지 않을 것이다. 알렉스는 티타니아 그룹이 지구 정류장에 병력을 어떻게 배치하고 어떤 수단으로 슈잉과 자신을 포획하려 하는지 속속들이 알고 있었다.

슈잉은 란차오 상방의 전 보안 요원답게 알렉스가 알아낸 정보에서 빠진 부분을 채워 넣고 계획을 짰다. 슈잉은 알렉스와의 연습에서 그저 샌드백이나 화폭이 되는 데 그치지 않았다. 알렉스가 무엇을 얼마나 할 수 있는지 정확하게 파악해서 계획에 반영했다.

침대에 누워서 이제부터 할 일을 되새기고 있는데 몸이 갑자기 한쪽으로 쏠리고, 바닥에 살짝 헐겁게 고정되어 있던 책상이 퉁 하는 소리를 내며 조금 움직였다. 배가 조정 추진을 시작하는 모양이다. 알렉스는 꼭 껴안고 있던 『어린 왕자』를 한 번 쳐다보고 소리쳤다.

"슈잉, 준비됐어요?"

"그래."

알렉스는 눈을 감고 심호흡을 했다. 그리고 여우와 슈잉에게 동시에 말을 걸었다. 지금까지 여러 차례 연습했지만 아직도 좀 까다롭다.

여우는 아직도 우리에 갇혀 있다. 음식이 부실해서인지 수

척해져 있지만, 알렉스는 아직도 『어린 왕자』의 그림처럼 생긴 여우의 형상이 진짜 모습을 반영하고 있는지 알지 못했다. 단지 여우의 두 눈이 반짝거리고 있는 것은 의심하지 않았다.

"여우야. 이제 좀 있으면 정류장이야."

슈잉이 손을 들어 여우에게 인사했다. 여우는 반갑게 꼬리를 설렁설렁 흔들어 보이고, 알렉스에게 걱정스레 물었다.

"셋이 연결된 상태로 정말 다른 것도 할 수 있겠어?"

알렉스는 자신감을 최대한 실어서 대답했다.

"괜찮아. 최근 세 번은 아무 문제 없었잖아."

"연습에서 못 해 본 것도 이제 해야 하니까 걱정이 돼서 그래."

슈잉이 조심스럽게 말했다.

"중간에 안 풀릴 경우에도…… 수는 항상 있어."

여우가 단호하게 고개를 젓고 말했다.

"절대 안 돼. 전부터 얘기하지만 앨리스가 사람을 해치게 할 수는 없어."

슈잉은 딱히 반박하지 않았지만, 알렉스는 이 문제에 관한 한 셋이 아무리 의논해도 답이 나오지 않을 것을 알고 있다. 못을 박아 둘 필요가 있었다.

"비상 대책을 쓸지 말지는 그때 가서 내가 결정할 거야. 그렇게 되지 않기만 바라자고."

셋은 다시 슈잉이 세운 계획을 점검했다. 사실은 굳이 점검할 필요도 없다. 셋 다 구석구석 잘 알고 있다. 이것은 얼마 남지 않은 시간을 불안해하지 않고 보내기 위한 일종의 의식이다. 슈잉은 여객선 밖으로 나가는 순간 고려하지 않았던 변수들이 생겨날 것이라고 내내 강조했었다.

"승객 여러분, 세레니시마호가 라이카 정류장에 입항했습니다. 잊으신 물건은 없는지 꼭 확인해 주시고, 내리실 때는 승무원의 안내에 따라 주십시오. 현재 라이카 정류장은 집중 검역 기간입니다. 익숙한 모습과 다른 점이 있어도 놀라지 말고 보안 요원의 안내에 따라 주시기 바랍니다. 긴 여행 즐거운 시간 보내셨기를 진심으로 빕니다. 하선 시간은 내일 UTC 12시 정각까지이며, 금일 20시부터는 쇼핑 광장에서 세일이, 23시부터는 연회장에서 선장 주최 입항 파티가 있으니 내일까지 배에 머무르실 분들은 꼭 들러 주시기 바랍니다. 다음에도 저희 화이트 스타 크루즈를 이용해 주십시오. 감사합니다."

알렉스는 안전벨트를 풀고 침대에서 일어났다. 슈잉이 벌써 일어나서 가방들과 함께 사잇문 너머에서 기다리고 있었다.

"이제 나간다."

슈잉이 여우에게도 들리게 말했다. 여우가 말했다.

"앨리스를 잘 부탁해. 위험해지면 나는 신경 쓰지 말고."

알렉스는 웃었다.

"또 그런다! 그런 생각 하지 마. 꼭 구해 낼 테니까."

알렉스는 슈잉과 나란히 엘리베이터를 향해 걸었다. 배에서는 혼잡을 피하려고 밤에 파티까지 연다고 했지만, 그래도 복도는 꽤 붐볐다. 그간 안면을 튼 사람들이 인사를 했다.

✦

사람이 꽉 들어찬 엘리베이터에 탔다. 알렉스는 슈잉의 손을 잡고 눈을 감았다. 한 달 동안 비좁은 토러스에서 부대끼는 바람에 익숙해진 승객들과 승무원들의 인상이 색깔도 소리도 아닌 감각으로 느껴졌다. 알렉스는 익숙하지 않은 존재감을 찾아 에어록 근처를 보았다. 일단 배에 두 명이 들어왔고, 에어록 맞은편에 또 두 명이 있다. 그 너머엔 훨씬 더 많이 있을 것이다.

엘리베이터가 움직이기 시작했다. 중력이 줄어드는 것이 느껴졌다.

"시작할게요."

슈잉과 여우에게서 알았다는 신호가 들어왔다. 알렉스는 에어록을 지키는 네 명에게 마음을 덩굴처럼 뻗었다. 마음의 덩굴이 네 사람을 감싸고 잔뿌리를 내렸다. 네 마음에 제일 뚜렷하게 맺힌 것은 슈잉과 알렉스의 얼굴이었다.

알렉스는 그 얼굴들을 지우고, 미리 외워 놓은 새로운 얼굴들을 주입하기 시작했다. 엘리베이터가 멈추고, 자석 신발을 작동시키는 소리가 들렸다. 알렉스는 슈잉의 손을 꼭 잡고, 슈잉이 이끄는 대로 떠갔다.

"끝났어요. 얼마나 유지될지 모르겠네."

"좋아. 곧 에어록이야."

알렉스는 눈을 떴다. 에어록 앞에 티타니아 그룹 로고가 찍힌 병사 둘이 서서, 지나가는 사람들의 얼굴을 확인하고 있다. 그 앞에서는 선장을 비롯한 승무원 열 명 정도가 배에서 내리는 사람들을 전송하고 있었다. 여우가 말했다.

"신분증 검사는 하고 있어?"

슈잉이 대답했다.

"아니. 눈으로 얼굴만 확인하고 있어. 신분증 검사는 이따가 보안 심사대에서 할 것 같아."

알렉스는 슈잉과 맞잡은 손에 힘이 들어가는 게 느껴졌다. 슈잉이 쳐다보고, 안심하라는 듯이 웃었다.

에어록 입구에서도 출구에서도, 병사들은 알렉스와 슈잉을 슬쩍 훑어보고 눈을 다음 사람에게로 돌렸다. 자기들이 지금 찾는 사람이 사실은 몇십 년 전의 광고 모델들이라는 것을 나중에라도 알아채게 될지, 알렉스는 조금 궁금했다.

'검역 및 출입 심사대'라고 쓰인 표지판의 화살표를 따라, 배에서 내린 다른 승객들과 함께 모퉁이를 돌았다. 네 병사의 마음을 다시 점검했다. 올바른 기억이 주입된 기억을 침식하기 시작했다.

"곧 원래대로 돌아올 거예요. 우리를 그냥 보내 버린 것도 알아챌지 몰라요."

알렉스는 그렇게 말했다. 아무리 태연하려고 해도 가슴이 뛰는 것을 진정시킬 수가 없다. 한 달 동안 준비한 것은 티타니아 그룹도 마찬가지다. 잠시라도 정신을 놓으면 잡히고 만다. 슈잉이 걸음을 멈추지 않고 말했다.

"그러면 서둘러야겠다."

슈잉의 걸음이 빨라졌다. 알렉스는 슈잉의 손이 이끄는 대로 떠갔다. 여우가 말했다.

"중무장 안드로이드가 셋…… 넷. 정류장 카메라는 셀 수가
없어."

정류장은 티타니아 그룹이 관리 권한을 일부 갖고 있다. 얼
굴 인식이라도 사용하고 있으면 이제는 바로 들통날 것이다. 슈
잉이 대답했다.

"알렉스, 셔틀 독 위치 기억하지? 혹시라도 헤어지면 거기서
만나는 거야."

라이카 정류장의 평면도는 눈을 감고도 떠올릴 수 있다. 알
렉스는 고개를 끄덕였다.

출입 심사대가 앞에 보였다. 승객들이 안내선을 따라 줄을
서 있다. 슈잉이 신발의 전자석을 푸는 찰칵 소리가 들렸다.

"여우야. 지금."

심사대 너머에서 하얀 불빛이 번쩍이고 요란한 소리가 났다.
심사대의 직원도, 승객들도, 그 너머의 보안 요원들도 그쪽으로
시선을 모았다. 슈잉이 바닥을 박차고 앞으로 뛰었다. 알렉스는
확 끌어당겨졌다. 여우가 숨 가쁘게 말했다.

"안드로이드는 처리했어. 이제……."

무중력 속에서, 알렉스와 슈잉은 줄 선 사람들의 머리 위를
날았다. 정류장의 조명이 한꺼번에 꺼졌다. 심사대의 벽에 부딪
치려 할 무렵, 슈잉이 몸을 틀고 신발의 자석을 다시 켜 벽을 밟
았다. 알렉스는 슈잉의 움직임에 따라 몸이 확 틀어지자 속으로
비명을 질렀다. 슈잉은 열린 채로 고정된 출입 심사대의 문을 지
났다.

✦

저 앞쪽에서, 전기 레이저의 파란 스파크가 허공을 가르며 짝 하는 소리를 냈다. 수백 명의 겁에 질린 외침이 섞여서 알아들을 수 없게 메아리쳤다. 곧이어 여우가 말했다.

"저놈들이 야시경을 켜는 것 같아. 내가 전부 다 끄기에는 너무 많아."

슈잉이 말했다.

"할 수 있는 것만 해. 이렇게 사람이 많은 데서 야시경으로 우릴 골라내는 것도 쉽지 않을 거야."

알렉스는 다시 눈을 감고 슈잉의 손을 꽉 잡았다. 수백 명의 마음이 당황과 공포에 질려 있다. 슈잉은 무중력에서는 밟히거나 할 위험이 없다고 했었지만, 이러다가 사고가 나면 어쩌나 하는 두려움을 지울 수가 없었다.

슈잉이 손을 잡아끌었다. 알렉스는 계속 눈을 감고서, 셔틀독으로 가는 길에 있는 병사들을 골라내어 슈잉에게 보여 주었다. 슈잉은 병사들을 이리저리 피해 알렉스를 끌고 뛰었다.

전기 레이저의 소리가 귓전에 들렸다. 알렉스는 다치지는 않게, 라고 속으로 되뇌면서 등 뒤의 병사에게 마음의 덩굴을 바늘처럼 찔러 넣었다. 짧은 비명이 들리고, 긴장과 두려움으로 물들었던 병사의 마음이 평온해졌다.

캄캄한 어둠 속에서 슈잉이 길을 찾을 수 있도록, 알렉스는 계속 변하는 병사들의 위치를 추적해 슈잉에게 알렸다. 그때마다 방향이 바뀌고, 알렉스의 몸은 마치 봉제 인형처럼 휘둘렸다.

이윽고 슈잉이 멈춰 섰다. 알렉스는 눈을 떴다. 슈잉이 바닥의 해치를 가리키고 말했다.

"셔틀 독으로 가는 비상구야. 그쪽에는 지키는 사람이 있니?"

"없어요."

슈잉이 주저 없이 해치를 열고, 아래에 회중전등을 비췄다. 10미터는 될 것 같은 사다리가 있었다.

"알렉스, 내가 먼저 내려갈 테니까, 따라 내려오면서 해치를 닫아. 여우야, 이쪽 카메라도 다 꺼져 있지?"

"응. 그런데 나 지금 비상 전력이 들어오려는 걸 계속 막고 있어. 안전 회로가 몇 겹인지 몰라. 결국은 도로 켜지고 말 거야. 서둘러야 해."

알렉스는 슈잉의 뒤를 따라 사다리를 내려갔다. 아래에서도 사람의 존재감이 느껴진다. 하지만 티타니아 병사들과 같은 적대적인 긴장은 없다. 두려워서 어쩔 줄 모르고 도움을 기다리는 사람들뿐이다.

사다리의 끝에 다다르자 슈잉이 한 손으로 허리를 붙잡고 내려 주었다.

"여기가 셔틀 독이야. 에어록 하나만 지나면 셔틀이야."

알렉스는 신발의 자석을 켰다. 슈잉이 전등을 비추며 앞으로 걸어 나갔다. 셔틀 독은 작은 원처럼 생겨서, 셔틀로 통하는 에어록들이 밖을 향해 있다.

문이 하나 스르르 열리고, 여우가 말했다.

"여기 소형 셔틀이 있어. 이걸 타."

복도 좌우를 살피는 슈잉을 두고, 알렉스는 문 안으로 한 걸음 들어섰다. 여우가 다시 말했다.

"앨리스, 이걸 타면 이제 돌이킬 수 없어. 로즈워터 기지로 쉽게 돌아가지는 못해. 아마 평생 티타니아 그룹이 노릴 거야. 어떻게 하라고는 얘기 안 할게. 하지만 다시 한번 생각은 해 봐."

다시 생각할 기회는 지난 한 달 동안 항상 있었다. 여우도 슈잉도, 알렉스에게 어떻게 하라고 시키지 않았다. 그저 다양한 가능성들을 이야기해 주었을 뿐이다. 단 한 번도, 알렉스는 마음을 바꾼 적이 없었다.

알렉스는 여우를 쳐다보았다. 『어린 왕자』에 실린 그 그림 같은 얼굴에 걱정과 기대가 가득하다.

슈잉이 에어록 문을 넘어 들어왔다. 알렉스는 통로 바닥을 차서 앞으로 날아갔다. 커다란 여객선이 아니라 최대 열 명 정도를 태우게 되어 있는 작은 셔틀이다.

알렉스는 셔틀의 부조종석에 앉았다. 슈잉도 바로 그 옆에 앉았다. 셔틀은 정류장과 달리 자체 동력이 온전하다. 슈잉이 셔틀의 전원을 켰다. 계기판에 불이 들어왔고, 생체 인증 요청이 떴다. 알렉스는 여우를 향해 말했다.

"곧 만날 거야. 조금만 기다려. 연습한 걸 해 줘."

"우리 안에서 태블릿으로만 연습한 거라……. 잘됐으면 좋겠는데."

슈잉이 웃으며 말했다.

"괜찮아. 태블릿보다 훨씬 간단하니까."

"좋아. 그러면……."

한 달 전, 여우는 전자 회로까지 조종하지는 못한다고 했다. 그러나 그 한 달 동안 열심히 연습한 것은 알렉스만이 아니었다.

알렉스는 여우의 마음에 더 다가갔다. 여우는 알렉스의 마음을 통해서 셔틀의 잠금 장치를 매만지고 있었다. 알렉스 스스로는 느끼지 못할, 전자의 복잡한 흐름들이 보였다. 그것이 여우의 뜻에 따라 방향과 세기를 바꾸었다. 마치 퍼즐 조각들을 보고서 그림을 상상하듯, 여우는 그 복잡한 움직임들을 하나하나씩 이해하며, 조각들을 원하는 형태로 다시 맞추고 있다.

생체 인증 패널에 녹색 불이 들어왔다. 슈잉이 장난스럽게 말했다.

"다음 목적지는 지구 궤도, 티타니아 그룹의 연구 센터, 여우 방입니다. 곧 신나게 가속할 예정이니 벨트를 꼭 매세요!"

✦

18
슈잉

셔틀을 조종하며, 슈잉은 파괴된 우주선을 타고 표류할 때가 계속 생각났다. 동료들이 모두 죽고, 자기 목숨도 곧 끝나고 말 줄만 알았다. 그러나 지금 살아서 이렇게 우주선을 몰고 있다. 남의 명령이 아니라 자기 자신의 뜻에 따라.

정류장은 전기가 돌아왔는지 계속 통신을 보내오고 있지만, 슈잉은 받지 않고 무시했다. 뒤에서는 분명 누군가가 추격해 오고 있겠지만, 아무것도 없다고 상상했다. 정면에 떠 있는 티타니아 그룹의 궤도 연구 센터, 그리고 오른쪽에 보이는 지구만이 중요했다.

연구 센터는 거의 라이카 정류장만큼이나 큰 위성 기지였다. 기둥의 꼭대기에 회전하는 토러스가 하나 있고, 그 아래에는 기둥에서 뻗어 나간 가지들 끝에 실험실들이 나무 열매처럼 붙어 있었다.

셔틀을 댈 도킹 브랜치는 아래에 있겠지만, 목적지는 거기가 아니다.

"알렉스, 여우가 있는 모듈이 어느 거지?"

내내 눈을 감고 있던 알렉스가 창문의 한 지점을 가리켰다.

"저기요."

슈잉은 알렉스가 가리켰다고 생각한 지점을 트랙패드로 표시했다. 셔틀의 앞창에 거리와 도달 시간이 표시되었다. 알렉스의 확인을 받고, 슈잉은 컴퓨터에게 조정 추진을 맡겼다. 셔틀이 몇 차례 조금 흔들렸다.

다시 통신이 들어왔다. 이번에는 정류장에서 온 것이 아니다. 티타니아 그룹의 로고가 떠 있다. 알렉스가 말했다.

"반대쪽에 있는 건 사람이 아니에요. 아, 여우도 아니고요."

그 말을 듣고, 슈잉은 조종실의 카메라가 꺼져 있는 것을 확인하고 수락 버튼을 눌렀다.

"안녕, 알렉스! 얼굴이 안 보이네?"

로즈워터의 AI다. 여우가 말한 대로, 지금은 저 기지에 전송되어 있는 모양이다. 슈잉은 알렉스의 눈짓을 보고 대답했다.

"알렉스는 더 이상 너랑 얘기하기 싫대."

로즈워터가 여전히 밝은 목소리로 말했다.

"인질이 살아 있다는 증거를 보여 줘야 협상도 할 수 있지 않겠어?"

슈잉은 그 말을 듣고 코웃음을 쳤다.

"인질을 잡고 있는 건 너야. 여우를 넘겨주면 그때부터 협상을 시작하지."

"우리는 순전히 알렉스 때문에 이 동물을 안전하게 보호하고 있는 거야. 여우가 지내는 모듈 하나가 얼마나 하는지 알아? 알렉스가 없으면 이런 위험한 하자품 따위 폐기 대상이야."

알렉스가 마이크 쪽으로 몸을 확 기울이고 외쳤다.

"여우는 하자품 같은 게 아니야!"

"알렉스! 무사해서 다행이야. 다친 데는 없어? 그동안 저중력에서 고생 많았지?"

알렉스가 대답했다.

"네가 만든 로즈워터 기지의 중력보다는 훨씬 기분이 좋았어. 그동안 한 번도 혼자가 아니었으니까."

슈잉은 웃었다. 연구 센터는 점점 가까워진다. 셔틀은 여우가 들어 있는 모듈을 향해 직진하고 있다. 슈잉은 알렉스를 향해, 그러나 로즈워터도 들을 수 있게 말했다.

"알렉스. 이제 도착할 거야."

로즈워터가 말했다.

"도킹 브랜치는 완전히 폐쇄해 놨어. 정류장에서는 뭘 했는지 모르지만, 이건 무슨 재주를 부려도 열 수 없을걸? 자, 알렉스. 여우는 네 친구잖아. 안전하게 만나고 싶지 않니?"

슈잉은 가속을 시작했다. 등이 등받이에 확 달라붙었다. 셔틀이 여우의 모듈과 연구 센터 본체 사이의 다리를 향해 나아갔다. 슈잉은 알렉스의 안전벨트를 다시 확인했다.

라이카 정류장의 셔틀은 대기권 돌입용이다. 굉장히 튼튼하다. 저런 가느다란 구조물 정도는 손상 없이 파괴할 수 있다.

"지금 무슨 짓을 하는 거야?"

로즈워터의 목소리에는 진심에 가까운 궁금함이 담겨 있다.

셔틀이 다리에 충돌했다. 가슴을 망치로 치는 듯한 통증이 느껴졌다. 슈잉은 급히 역추진을 했다. 알렉스가 커다란 의자 속에서 흔들리는 것을 보고 손을 뻗쳤다. 창밖에서, 본체와 분리된 모듈이 천천히 돌고 있었다.

슈잉은 안전벨트를 풀려 했지만, 팔을 움직이자 가슴에 심각한 통증이 느껴졌다. 충격에 갈비뼈가 부러진 모양이다. 로즈워터와의 통신도 그 때문인지 끊어져 있다. 슈잉은 알렉스를 보았다. 알렉스는 숨을 몰아쉬고 있지만, 다친 것 같은 표정은 아니다.

"알렉스, 괜찮아?"

"네."

"시간이 없어. 나는 방금 좀 다쳤어. 아무래도 못 할 것 같아. 네가 해야 해."

알렉스가 놀란 입을 벌렸다. 슈잉은 다시 말했다.

"아까 보호복 봐 뒀지? 그걸 입고, 셔틀에 코드 연결하고, 가서 여우를 데려오면 돼. 쉬워. 네가 하기로 한 건 내가 대신 할게."

"하지만 슈잉이 다쳤잖아요! 그냥 두고 갈 수 없어요."

슈잉은 아픔을 억누르고 한껏 장난스럽게 과장해서 말했다.

"두고 가면 안 되지. 나 혼자서 여기서 어쩌라고! 하지만 바로 돌아올 거잖아?"

알렉스가 웃었다.

"지난 한 달 내내, 고려하지 않은 변수들이 생길 거라고 했지? 이게 그거야. 자, 빨리 가!"

알렉스가 안전벨트를 풀고 조종실 뒤로 날아갔다. 슈잉은 시야에서 사라진 알렉스에게 외쳤다.

"여행 가방 잊지 말고! 헬멧 잠금장치 꼭 확인해!"

빈 가방이 덜그럭거리는 소리가 들렸다. 진공에서도 오래 버틸 수 있는 우주용 여행 가방이다. 들어 있는 것은 담요 한 장과 산소 캔 하나뿐이다. 보통 크기의 여우라면 아무 불편 없이 들어갈 것이다.

에어록이 열리고 닫히는 소리가 들렸다. 말은 괜찮다고 했지만, 슈잉은 걱정이 돼서 아픈 것을 잊을 지경이었다.

마음속에 알렉스의 목소리가 울렸다.

"밖에 나왔어요. 지구가 엄청나게 커요……."

경이감과 두려움이 대화를 물들였다. 슈잉은 그것을 조금이라도 희석하고자 밝은 목소리로 말했다.

"통로에, 아까 셔틀이 들이받아서 뜯어진 자리 보이지? 거기로 들어가면 돼. 쉽지? 여우 거기 있니?"

여우가 가볍게 짖는 소리를 냈다.

"에어록의 바깥쪽 문을 지금 열어 둬. 알렉스가 에어록에 들어가면 바깥쪽 문을 닫고 안쪽 문을 여는 거야."

이미 여러 차례 의논한 계획이다. 이제 와서 또 말할 필요는 없었다. 단지 여우의 목소리를 듣고 알렉스가 두려움을 떨치기를 바랐을 뿐이다. 여우가 대답했다.

"알고 있어."

"알렉스, 알았지? 원래 내가 하기로 했던 일이지만, 뭔지는 너도 다 알고 있어. 같이 얘기한 대로만 하면 돼."

"네!"

알렉스의 대답이 밝았다. 두려움의 색깔이 엷어졌다. 슈잉은 조금 안심했고, 가슴에 또다시 큰 통증을 느꼈다. 로즈워터의 통신이 다시 들어왔다. 이제는 원래 알렉스가 하기로 한 일을 할 때다. 슈잉은 통신을 받았다.

"아이를 태운 셔틀을 위성에 들이받다니, 나쁜 어른이구나! 다쳤으면 어쩌려고 그랬어?"

"로즈워터, 이제 끝났어. 알렉스도 여기 있고, 여우도 곧 돌아올 거야."

로즈워터의 음성 사이에 들리는 잡음이, 슈잉에게는 비웃음으로 들렸다.

"끝? 지구의 3분의 1이 티타니아 그룹의 독점 상권이야. 나머지 3분의 2에도 영향력이 막대해. 잡히는 것 말고 너희들한테 다른 끝은 없어."

슈잉은 침을 한 번 삼키고 말했다.

"그럴지도 모르지. 우리도 평생 도망 다닐 수 있을 거라고 생각하지는 않아. 그러고 싶지도 않고. 하지만 우리한테도 카드가 있어. 알렉스가 돌아오면 우리는 지구에 내려갈 거야. 그때까지 진지하게 얘기를 해 보자.”

슈잉은 그렇게 교섭을 시작했다.

19

알렉스

알렉스는 통로의 절단면을 붙잡고, 지구 저 너머에서 밝아 오는 태양의 끄트머리를 잠깐 쳐다보았다. 지구에서는 아침마다 해가 커다랗게 뜬다. 하늘에 저렇게 눈부시고 큰 것이 떠 있는데 신경 쓰여서 어떻게 살지, 하는 생각이 들었다.

통로에 들어갔다. 반대쪽에 열린 에어록의 빨간 불빛이 보였다. 여행 가방을 왼손에 들고, 오른손으로는 보호복의 분사 장치를 제어했다. 잘못 건드리면 뱅글뱅글 돌거나 끝없이 날아가 버린다. '조금씩 조금씩'이라고 슈잉이 전에 얘기했었다.

알렉스는 에어록 가장자리를 잡고 몸을 안으로 끌어당겼다.

"여우야, 도착했어."

"잠깐만, 바깥쪽 문 닫을게."

여우의 말에 반가움과 기대감만이 아닌 긴장이 서려 있다.

그것은 알렉스도 마찬가지다. 뒤에서 문이 닫히고, 잠시 후 여우의 모듈로 통하는 문이 열렸다.

안에는 플라스틱인지 유리인지로 된 우리가 있었다. 그 안에 예쁜 주황색 털을 한 동물이 떠서 이쪽을 바라보고 있었다. 알렉스는 앞으로 날아갔다.

『어린 왕자』의 삽화와는 달랐다. 가슴과 목은 흰털이 덮여 있고, 나머지는 붉은 주황색이다. 코는 새까맣고 윤기가 난다. 여우가 꼬리를 흔들며 벽에 다가왔다. 알렉스는 그 금색 두 눈을 쳐다보며 처음으로 소리 내어 말했다.

"나야. 왔어."

여우는 마음으로도 아무 말을 하지 않았다. 그저 입을 벌리고 꼬리를 마구 흔들 뿐이다. 알렉스는 우리의 옆면으로 돌아가, 문에 걸려 있던 빗장을 열고 안으로 들어갔다.

여우의 목걸이를 풀자, 여우가 달려들듯 품 안으로 들어왔다. 그리고 얼굴을 보며 짖었다. '앨리스'라고 말하는 것 같다. 알렉스는 여우를 두 팔로 꼭 껴안고 말했다.

"내 이름은 알렉스야. 하지만 네가 뭐라고 불러도 알아들을 거야."

20

에필로그

알렉스는 겨울을 처음 겪어 보았다.

지구에서 1년을 주기로 기온이 오르내린다는 것은 책과 영화로 알고 있었지만, 하늘에서 떨어지는 얼음 조각이 피부에 실제로 닿는 것은 눈이 휘둥그레지는 경험이었다.

화성의 돔에서만 살아온 슈잉도 마찬가지였다. 슈잉은 중력에 적응한 뒤로는 눈이나 비가 오는 날이면 하늘에서 물이 공짜로 내린다며 밖에 나가 흠뻑 젖었다 돌아오곤 했다. 여우는 그럴 때마다 집 안에 빗물을 끌고 들어오는 슈잉을 나무랐다.

겨울이 된 지금, 여우는 집 밖에 나가는 것을 별로 좋아하지 않는다. 긴장할 일이 없어서인지, 아니면 많이 먹고 덜 움직여서인지 살도 꽤 붙었다. 요즘 같은 계절에는 따뜻한 전기장판에서 낮잠을 자거나, 알렉스의 홈스쿨링 시간에 옆에 와서 같이 수업을 듣곤 한다.

셋은 캐나다 서해안의 한적한 숲에 자리를 잡았다. 제일 가까운 도시는 한 시간 정도 거리에 있지만, 필요한 물건은 인터넷으로 주문하면 드론과 무인 트럭이 다 가져다준다. 알렉스도 여우도, 드디어 자유롭게 인터넷을 쓸 수 있게 된 것이 기뻤다.

슈잉은 집이 때때로 감시를 당하는 것 같다고 하지만, 알렉스는 별로 신경을 쓰지 않았다. 티타니아 그룹이 약속을 어기고 쳐들어온다고 해도, 여우와 둘이서 막아 낼 자신이 있다.

여우는 때때로 사우디아라비아에 두고 온 기계 친구의 이야기를 했다. 그 얘기를 들을 때마다, 알렉스는 여우의 마음에 그늘이 깔리는 것을 느꼈다.

슈잉이 알렉스를 대신해서 티타니아에게 받아 낸 약속은, 스물두 살이 될 때까지 알렉스와 여우를 건드리지 않는다는 것이었다. 그때가 되면 알렉스는 런던에 가서 티타니아의 실험체가 아닌 연구자로 일하기로 했다. 로즈워터는 처음에 그 제안을 일축했지만, 요구를 받아들이지 않으면 다른 기업연합에 가겠다고 협박하자 곧 동의했다.

티타니아 그룹은 알렉스에게 적잖은 투자를 했다. 이제 와서 모두 잃고 싶지는 않을 것이라는 슈잉의 예측이 적중하여, 실험체 사냥이 스카우트 교섭으로 변한 셈이다. 지금 살고 있는 집도, 셋의 생활비도, 모두 티타니아 그룹 계열 재단의 장학금이라는 형태로 주어졌다.

어느 겨울날 밤, 알렉스는 시내에 나간 슈잉이 돌아오기를

✦

기다리며 여우에게 수학 보충 수업을 받고 있었다. 여우는 연구원으로 일하려면 수학을 잘해야 한다며, 교과 과정보다 훨씬 앞선 내용을 가르치려 했다.

"연구실에 같이 가서 수학만 대신 해 주면 안 돼?"

알렉스가 그렇게 묻자, 여우가 말했다.

"나는 집에만 있을 거야. 런던에 가서도 콕 틀어박혀서 안 나갈 거야."

"런던은 정말 크다던데. 볼 것도 많고."

여우가 눈을 가늘게 떴다.

"영국 사람들은 여우 사냥이 자랑스런 전통이었던 거 알아?"

지금은 없어진 풍습 아니냐고 말을 하려는데, 현관에서 소리가 들렸다. 알렉스와 여우는 누가 먼저랄 것도 없이 일어나서 슈잉을 마중 나갔다.

슈잉은 손에 상자 같은 것을 들고 있었다. 머리와 어깨에 눈이 조금 묻어 있다. 알렉스는 슈잉의 표정을 살피다가 물었다.

"오늘은 알아냈어요?"

지구에 온 뒤부터, 슈잉은 원래 일했던 기업연합인 란차오 상방이 자기를 찾고 있지 않을까 걱정하고 있었다. 오늘의 외출도 그 일에 관한 것이었다.

"응. 란차오에서는 아직 내가 죽은 줄 알고 있어. 토성에 있는 부모님한테 유족 연금이 가고 있더라고."

알렉스는 활짝 웃었지만, 슈잉의 표정은 밝지 않았다.

"좋은 소식이잖아요."

"좋은 소식이지. 이렇게 케이크도 사 왔잖아. 개도 같이 먹을 수 있는 거라던데, 여우도 괜찮겠지?"

슈잉이 상자를 들어 보이고 덧붙였다.

"내가 공식적으로 죽은 걸 알고 나니까 기분이 싱숭생숭해서 그래. 신경 쓰지 마! 같이 먹자."

슈잉이 얼굴에 웃음을 띠었다. 알렉스는 케이크를 받아 들고 식당으로 갔다. 뒤따라온 여우가 기계 촉수로 칼을 챙기며 말했다.

"내가 자를 테니까, 너는 접시를 꺼내 줘."

여우가 케이크를 잘라서 세 접시에 한 조각씩 놓았다. 땅콩버터 당근 케이크다. 사과 소스도 올라가 있다. 슈잉이 식당에 들어와 말했다.

"아, 벌써 다 차려 놨네."

슈잉은 냉장고에서 우유를 꺼내 식탁에 놓고 자리에 앉았다. 같이 밥을 먹을 때면 항상 그렇듯, 알렉스는 슈잉과 여우에게 마음을 이었다. 아무 소리도 없이, 셋은 오늘 있었던 일들을 이야기했다.

케이크를 다 먹고도 이야기는 이어져, 이윽고 잘 시간이 되었다. 알렉스는 슈잉에게 밤 인사를 하고, 여우와 함께 방으로 가서 침대에 누웠다.

알렉스는 숲속의 모닥불 옆에 앉아 있는 꿈을 꾸었다. 로즈워터 기지의 안드로이드가 옆에 있었다.

"안녕! 알렉스."

안드로이드가 로즈워터의 목소리로 말했다. 알렉스는 안드로이드를 멀뚱멀뚱 바라보았다.

"연구 성과가 나왔어. 아직은 실용화되려면 한참 걸리겠지만."

"무슨 얘기야?"

"컴퓨터로 너처럼 통신을 할 수 있게 됐어. 로즈워터 기지에 있던 양자 컴퓨터를 완전히 가동해야 돼서 지금은 엄청나게 비싸고, 아직은 너한테밖에 못 보내. 그것도 잠들었을 때만 가능하고. 이게 백스물세 번째 시도야. 처음으로 성공한 거야!"

알렉스는 놀라움을 감추지 못했다.

"그럼 지금 소행성 기지에서 말을 걸고 있는 거야?"

"그래! 앞으로 한 달에 한 번 정도만 이렇게 말을 걸게. 언제든지 끊어도 좋아. 오늘은 이렇게 연락을 했지만, 네가 날 싫어하는 건 알고 있어. 하지만 때때로 너랑 얘기를 하고 싶어."

로즈워터의 발랄한 목소리에서 느껴지는 약간의 우울함은 아마 상상일 터였지만, 알렉스는 조금 쓸쓸한 기분이 되었다.

"로즈워터, 나는 갇혀 있는 게 싫었고, 여우를 만나고 싶었을 뿐이야. 네가 싫어서 떠난 게 아니야."

안드로이드의 밋밋한 얼굴에 어떻게 해서인지 표정 같은 것을 띠며 로즈워터가 말했다.

"미안해. 그래도 우리, 기지에서 좋았던 때가 있었지?"

알렉스는 모닥불을 잠시 쳐다보다가 대답했다.

"그랬지."

"고마워. 예산 때문에 더 이상은 통화를 못 해. 마지막으로 한 가지 재미있는 얘기를 해 줄게."

"뭔데?"

"너랑 통신을 하려던 와중에 화성 열권에서 정신 반응이 포착됐어. 그런데 인간이 아니야!"

"인간이 아니야? 그럼 뭐야?"

"몰라! 카메라에는 아무것도 안 잡혀! 이제부터 조사를 하고 연구를 해야 해. 어쩌면 너랑은 대화가 될지도 모르지. 그럼 잘 자!"

안드로이드가 자리에서 일어나 손을 흔들었다. 알렉스도 마주 손을 흔들었다.

잠에서 깼다. 여우가 옆에서 곤히 잠들어 있다가 귀 하나를 이쪽으로 돌렸다. 알렉스는 그쪽에 대고 속삭였다.

"괜찮아. 잠깐 꿈을 꿨을 뿐이야."

여우의 귀가 제자리로 돌아가는 것을 보고, 알렉스는 다시 잠을 청했다.

작가의 말

나에게 『어린 왕자』는 외로움에 관한 이야기이다. 아버지의 추천으로 『어린 왕자』를 처음 읽었을 때 어떤 느낌이 들었는지를 떠올리기에는 세월이 너무 흘렀다. 하지만 그 책에 있던 그림들은 하나하나 또렷하게 남아 있다. 보아뱀과 코끼리의 그림이 유명하지만, 내가 좋아하는 그림들에는 항상 왕자가 있었다. 목도리를 두르고 화산을 청소하는 그림, 철새들에 끈을 묶어 우주를 여행하는 그림, 사막에서 쓰러지는 순간을 그린 그림……. 어렸을 때도, 나이가 들어서도, 『어린 왕자』의 그림들은 한없이 외롭게 느껴졌다.

『널 만나러 지구로 갈게』는 그리움에 관한 이야기이다. 내가 『어린 왕자』의 이미지들을 빌려 온 것은 아마 외로움과 그리움이 많이 닮은 감정이기 때문이었을 것이라고 생각하곤 한다. 『어린 왕자』를 읽은 독자가 그 차이를 눈치챘다면 아마 『널 만나러 지구로 갈게』를 읽으며 속으로 조금 더 웃을 수 있을 터이다.

알렉스와 슈잉과 여우가 사는 세계는 전통적인 국가 대신 태양계 개발로 권력을 얻은 기업들이 지배하고 있다. 대국의 기업들이 손을 잡고서 작은 나라를 압도하는 현상은 현대사에서 흔히 볼 수 있는데, 지금까지는 그런 자본들조차도 어느 나라인가에 기반하여 그 나라 정부의 통제를 받아 왔다. 그러나 자본이 자기 기반을 우주로 옮기면 어떻게 될지? 그리고 스마트폰의 애플이나 인터넷의 구글을 연상시키는 속도로 성장하면 어떻게 될지? 목성 궤도나 소행성대에서 벌어지는 일을 지구의 정부가 얼마나 규제할 수 있을까? 여하튼 이 작품에서, 지구는 물론 태양계 전체가 우주 기업들의 경제적 식민지가 되어 있다.

그 지배 관계는 개인에게도 적용된다. 이것은 현실에 이미 씨앗이 있는데, 예를 들어 아이폰을 쓰는 사람은 아이패드와 맥과 애플워치를 쓰기 편하다. 테슬라 자동차를 타는 사람은 테슬라 충전소를 사용하게 된다. 구글과 유튜브를 즐겨 쓰는 사람은 구글 아이디에 모든 것을 연동시킨다. 개인은 기업이 만든 생태계에 약관을 통해 포섭된다. 원래는 지리에 묶여 있던 개인이 이제는 자기가 선택하여 사용하는 제품과 서비스에도 묶인다. 아이디는 이미 일종의 시민권이며, 그것이 관할하는 범위는 갈수록 넓어지고 있다. 『널 만나러 지구로 갈게』에서 그리는 개인과 기업의 관계는 현실에 이미 존재하는 것을 좀 더 확장한 것이고, 옛 사이버펑크 작품들에 이미 등장한 관념과도 통한다.

기업의 지배가 이 책에서 제일 SF적인 부분이 아닐지? 이번에는 그런 점들이 줄거리에서 차지하는 비중이 크지 않아 조금 비치기만 했다. 하지만 우주 개발을 추진하는 사기업들이 현실에 존재하는 마당이라, 다른 기회에라도 더 깊게 해 볼 만한 상상이 아닌가 한다.

쓰면서 제일 재미있었던 것은 여우 시점의 장면들이었다. 우선 인간이 아니라 액션을 상상하는 것이 새로웠다. 등의 촉수나 전기 능력도 생각하기 즐거웠다. 아주 유능하지만 마음이 약하고 외로움을 많이 타는 것이 안쓰러워, 중간까지 쓰다가 얘는 뭐가 어쨌든 알렉스와 만나서 행복하게 살아야 한다고 생각한 것이 기억난다.

알렉스는 스티븐 킹의 『캐리』 뒤로 유구한 전통을 따르는 초능력 청소년이다. 이런 주인공들은 따돌림을 당하거나 정부 기관에 쫓기거나 하다가 폭주하는 일이 많지만, 다행히도 알렉스는 따돌림을 당할 일이 없고, 좋은 조언을 해 주고 감싸 주는 슈잉과 여우가 있다(로즈워터도 아예 공이 없다고는 할 수 없을 것이다). 좋은 어른과 좋은 친구를 곁에 둔 소년 소녀는 무적이다(텔레파시를 쓸 수 있다면 좀 멀리 있어도 괜찮다).

이야기 전체를 놓고 보면 여우와 알렉스의 관계가 핵심적이다 보니 슈잉은 표지 그림에서 빠졌다. 하지만 나는 슈잉을 이 이야기에서 아주 중요한 인물로 여기고 있다. 로즈워터 같은 어른이 있는가 하면 슈잉 같은 어른도 있는 것이다. 좋은 어른은 과거가 자신을 만들었음을 명심하며, 자기의 경험을 비판적으로 기억하고, 이를 바탕으로 세상을 대한다. 어린 시절을 바르게 소화한 어른은 어린이와 청소년을 대하는 태도도 그렇지 않은 어른과 다를 것이다.

나는 소설을 쓸 때 어린 시절의 기억을 많이 되살리려고 노력한다. 마치 고대인이 신화에 의지하듯, 어린 시절의 책과 영화를 작품에 많이 인용한다. 한 문화에 전승되는 신화들이 그 구성원을 만드는 것처럼, 내가 어려서 보고 읽은 이야기들은 나를 만들었다. 『어린 왕자』가 이 소설의 모티프가 된 것도 그것이 내 신화의 일부이기 때문이다. 어떤 의미에서, 어린 시절을 기림으로써 더 좋은 어른이 되기 위한 노력은 내 글쓰기의 큰 부분이다.

어렸을 때 수많은 책을 끊임없이 추천해 주신 아버지와 어머니께, 그리고 내가 쓴 글들을 항상 제일 먼저 읽고 좋아해 주는 처에게 감사 말씀을 올린다.

김성일

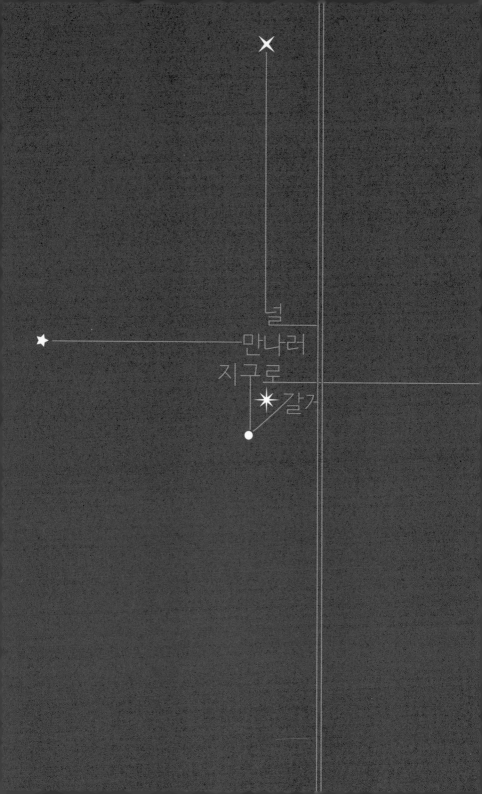

널
만나러
지구로
갈거